FEDERIC.

TRAGICOMEDIE.

Par Monsieur BOYER.

A PARIS,
Chez AVGVSTIN COVRBE', au Palais,
dans la petite Salle, à la Palme.

M. DC. LX.

AVEC PRIVILEGE DV ROY.

Extrait du Priuilege du Roy.

PAr Grace & Priuilege du Roy, donné à Paris le 15. Feurier 1660. Signé, Par le Roy en son Conseil, IVSTEL : Il est permis à Charles de Sercy Marchand Libraire à Paris, d'imprimer, vendre & debiter vne Piece de Theatre intitulée, FEDERIC, en telle marge & en tel caractere que bon luy semblera, & ce durant le temps de sept ans. Et defenses sont faites à tous autres de l'imprimer ou faire imprimer, sans le consentement de l'exposant, à peine de trois mil liures d'amende, & confiscation des exemplaires contrefaits, & de tous despens, dommages & interests, ainsi que plus au long il est porté audit Priuilege.

Registré sur le Liure de la Communauté le 16. Mars 1660. Signé, IOSSE, Syndic.

Acheué d'imprimer pour la premiere fois le 17. Mars 1660.

Ledit Charles de Sercy a associé audit Priuilege Augustin Courbé aussi Marchand Libraire, pour en ioüir ensemblement suiuant l'accord fait entr'eux.

Errata.

P.48.v.2. veu.lis.crû. P.52.v.15.grandeu,lis.grandeurs. P.53 flatez,lis.flatiez. P.61.v.18.dessein,lis.destin.

A

MONSEIGNEVR LE DVC DE GVYSE.

MONSEIGNEVR,

La profession particuliere que ie fais de réuerer en Vostre Altesse ces grandes qualitez, qui vous ont rendu vn des plus Illustres Princes de l'Europe, m'oblige de vous en donner des marques par l'offre d'vn O-urage qui a esté honoré de l'approbatio publique. La Fortune qui se mesle de di-poser des productions de l'Esprit, au-bien que du destin des Hommes, a trait FEDERIC si fauorablement, que i'a presumé qu'il pouuoit se presenter à Vostr Altesse, par le seul priuilege de son he-reux ascendant. Comme dans les Piece de Theatre le bonheur fait souuent vn partie du merite ; I'ay crû, MON-SEIGNEVR, que Vous voudrie bien laisser à celle-cy toute la gloire qu luy vient de sa bonne fortune, & mesm suspendre en sa faueur l'vsage de ce talen merueilleux, qui vous fait iuger de tou-tes choses auec vn discernement si fin & delicat. Vous voyez, MONSEI-GNEVR, quelle confiance ie prens d cette bonté heroïque qu'on admire en Vos-tre Altesse, qui vous rend l'amour de tou le monde, & qui est sans doute le plus rar & le plus précieux ornement de la Gran-deur. C'est de cette qualité, qui est comm attachée à vostre Sang & à vostre Personne, que i'espere d'obtenir pour FEDERIC, *tout inconnu qu'il est à Vostre Altesse, l'honneur de vostre protection. I'en reçois tous les iours des marques si auantageuses, qu'elles ont déja épuisé tout le fonds de ma reconnoissance : Il ne me reste que le seul secours d'une Muse, qui commence de faire quelque bruit dans le monde; C'est d'elle que i'attends des efforts extraordinaires pour se rendre digne de cette faueur. Depuis qu'elle a l'honneur d'approcher Vostre Altesse, vostre Vertu fait toute son estude; & ie sens qu'elle est inspirée si fortement par la beauté d'une idée si sublime, qu'elle se promet d'auoir vn jour assez de voix pour celebrer le merite d'vn des plus grands Héros de nostre Siecle, & pour faire voir à tout le monde auec combien de zele, d'attachement & de respect, ie veux estre toute ma vie.*

MONSEIGNEVR,

De Vostre Altesse,

Le tres-humble, & tres-obeïssant Seruiteur, BOYER.

ACTEVRS.

YOLAND, Princesse de Sicile, déguisée en Roy, sous le nom de Manfrede.

FEDERIC, Admiral de Sicile, amoureux d'Yoland.

CAMILLE, Reyne de Naples, refugiée en Sicile.

VALERE, Fils de Federic, Fauory du Roy.

FABRICE, Fils de Federic, amoureux de Camille.

MARCELLIN, Confident d'Yoland.

OCTAVE, Escuyer de Federic.

FLORISE, Confidente de Camille.

SVITE.

La Scene est à Messine dans le Palais Royal.

FEDERIC.

TRAGICOMEDIE.

ACTE I.

SCENE PREMIERE.

MARCELLIN, LE ROY.

MARCELLIN.

SI pres de cet Hymen qui vous donnant Camille,
Ioint le Sceptre de Naple à celuy de Sicile,
Et de ſon Protecteur va faire ſon Epoux;
Quels ſont vos déplaiſirs! dequoy vous plaignez-vous?

LE ROY.

I'ay bien d'autres ſoucis que ceux de l'Hymenée,
Quand mille maux ſecrets troublent ma deſtinée,

Et d'vn grand Roy, qu'on croit doublement couronné,
Font de tous les mortels le plus infortuné.

MARCELLIN.

Quoy que dans vostre mal tout mon cœur s'interesse,
Ie l'ignore, & n'en prens qu'vne aueugle tendresse.
Il est bien vray, Seigneur, qu'il me souuient encor
Des discours qu'en mourant me faisoit Leonor.
Cette chere moitié, qui nourrit vostre enfance,
Voulut d'vn grand secret me faire confidence,
A mon retour de Naple, où pour vn grand employ,
Le Roy secretement se défiant de moy,
M'enuoya, dés l'instant que vous pristes naissance;
Mais si pres de la mort, presque sans connoissance,
Sa bouche par des mots confus, embarrassez,
Me fit craindre pour vous, mais n'en dit pas assez,
Pour pouuoir m'éclaircir cet important mystere.

LE ROY.

Ta Femme, Marcellin, fut ma seconde Mere;
Et si sa prompte mort t'a rauy ce secret,
Ma bouche maintenant te l'apprend sans regret:
Aussi bien sçache enfin qu'au mal qui me possede,
Ce jour me doit donner, ou m'oster le remede.
Mais helas! Marcellin, pourras-tu bien chérir
Vn Roy, qui ne l'est plus, s'il s'ose découurir,
Vn lâche vsurpateur, vn imposteur, vn traistre?

MARCELLIN.

Ah! Seigneur.

LE ROY.

Ie suis tel, si ie me fais connaistre.

MARCELLIN.

Expliquez vous, Seigneur, parlez plus clairement.

LE ROY.

Tu vas voir tout entier cet affreux changement.

Tu ſçais que par les Loix de ce Peuple indocile,
Les Femmes ne ſçauroient regner dans la Sicile;
Cet Empire en naiſſant établit cette Loy,
Et ce Peuple jaloux d'obeïr ſous vn Roy,
Croiroit ſe démentir, & paſſer pour infame,
S'il ſouffroit vn moment le regne d'vne Femme.

MARCELLIN.

Seigneur, qu'a cette Loy de commun auec vous?

LE ROY.

Eſcoute, Marcellin. Apres qu'aux yeux de tous
Tous mes Freres mourans eurent laiſſé mon Pere
Sans autre Succeſſeur d'vn Trône hereditaire,
Eſtant le dernier fruit du conjugal amour;
On me deſtine au Trône auant que voir le jour;
Eſtant né, l'on m'éleue, on inſtruit mon enfance
De tout ce qui prepare à la toute-puiſſance.
Mon Pere meurt, ie monte au Trône où ie me voy;
On me traittoit de Prince, on m'y traitte de Roy.
Ie porte impunément le ſacré Diadéme;
Mais helas! Marcellin, ie ſuis touſiours la méme,
Touſiours Femme malgré ces premiers ſentimens,
Touſiours Femme malgré tous ces déguiſemens.

MARCELLIN.

Ciel! que me dites-vous?

LE ROY.

L'horreur d'vne injuſtice
Força le Roy mon Pere à ce grand artifice,
Craignant qu'apres ſa mort le Prince d'Arragon,
L'eternel ennemy de toute ſa Maiſon,
Ne ſe fit par l'appuy d'vn droict imaginaire
Du Trône de Sicile vn Trône hereditaire.
L'Admiral, de mon ſort le Confident diſcret,
Sceut déguiſer mon Sexe auec tant de ſecret,

Qu'auant que la raison m'en instruisit moy-méme,
I'auois conceu l'espoir de la grandeur supréme;
Et mon cœur s'asseurant que ce rang m'estoit dû,
Couroit aueuglement à ce Trône attendu.
Mais en vain mon erreur, & sa sage conduite,
Me cachoit mon destin, i'en fus bien-tost instruite;
L'amour, qui naist souuent plustost que la raison,
M'informa le premier de cette trahison;
Ses transports, fussions nous priuez de connoissance,
Pour discerner vn Sexe, ont trop d'intelligence.
Valere, que son Pere éleuoit auec moy,
Me rendant tous les soins qu'on rend au Fils d'vn Roy,
Me sceut si bien gagner par ses tendres caresses,
Qu'en peu de temps mon ame espreuua ces foiblesses
Dont l'amour en naissant saisit vn jeune cœur;
Pour celles de mon Sexe elle estoit sans ardeur,
Et ce trouble qu'enfante vne naissante flâme,
Me fit bien pres de luy sentir que i'estois Femme;
Et la raison qui vint m'éclaircir à son tour,
Me trouua pleinement instruite par l'amour.

MARCELLIN.

Quoy, vingt ans tous entiers auroient sans nulle indice
Caché jusques icy cet étrange artifice?
Quel charme a si longtemps trompé toute la Cour?

LE ROY.

Ce charme dureroit encor sans mon amour.
Oüy i'aime, ie l'auouë, (à cet aueu si lâche
Ma rougeur t'apprend bien le Sexe que ie cache.)
Iuge apres ces discours, qui doiuent t'alarmer,
Si l'hymen de Camille a dequoy me charmer.
Ie feignois de l'aimer par l'ordre de mon Pere,
Et par ce feint amour ie cachois ce mystere;
Mais si cet artifice a couuert nostre jeu,
Il ne sçauroit cacher vn veritable feu.

Ie brûle pour Valere, & ie n'ose le dire;
Depuis six ans ce cœur pressé de son martyre,
A pressé mille fois ma bouche de parler.
Que l'Amour, Marcellin, sçait mal dissimuler!
Qu'vn cœur libre, & bien né, deteste l'imposture,
Et qu'on souffre de peine à trahir la nature!
Valere que i'ay fait le plus grand de ma Cour,
Impute à l'amitié ce qu'il doit à l'amour;
Et l'amour n'osant pas expliquer ses caresses,
Sous vn Sexe caché perd toutes ses tendresses.
Regarde maintenant quel est mon desespoir;
Il faut abandonner ma flame, ou mon pouuoir;
Il faut cesser d'aimer, ou deuenir Sujette.
Aimons, ne forçons plus vne flame secrette:
Qu'on choisisse vn Monarque, & qu'on oste à mō sang
Par le defaut du Sexe, vn legitime rang.

MARCELLIN.

Quoy! cesser de regner. Que faites-vous, Madame?

LE ROY.

Laisse agir, Marcellin, les transports de ma flame,
Donne toy tout entier à seruir mon ardeur,
Et laisse à l'Admiral le soin de ma grandeur;
C'est luy qui doit bien-tost mettre fin à ma peine.
Mais Camille paroist.

SCENE II.

LE ROY, CAMILLE, MARCELLIN, FLORISE.

LE ROY *continuë.*

Pardonnez, grande Reyne,

Si ie m'acquite mal de ce que ie vous doy;
Imputez ces delais aux soins d'vn nouueau Roy.

CAMILLE.

Seigneur, de ces delais le pretexte est plausible;
Mais vn Prince amoureux doit estre plus sensible.
Depuis trois mois entiers ie sollicite en vain
Ce qu'vne Reyne attend d'vn puissant Souuerain.
J'allois tout obtenir du feu Roy vostre Pere,
Quand sa mort me priua d'vn secours necessaire:
Depuis vn mois, Seigneur, qu'il a finy ses jours,
Pourquoy diferez-vous ce glorieux secours?
Vous deuez me seruir pour vous venger vous-mém
Et releuer en moy l'honneur du Diadéme.
Roger, ce fier mutin qui s'arme contre moy,
Sçait profiter du temps, & se croit déja Roy;
Et par trop de lenteur à secourir ma gloire,
Vous hazardez la vostre ainsi que ma victoire.
Seigneur, expliquez vous : par l'ordre du feu Roy,
Par vostre propre choix, vous deuiez estre à moy:
L'Hymen deuoit vnir Naples à la Sicile;
Et si i'en pris d'abord vn espoir inutile,
Par le trépas d'vn Pere estant libre en ce jour,
Vous pouuez disposer de vous, de vostre amour.
Peut-estre que le Ciel n'a pas fait l'vn pour l'autre;
Peut-estre que mon cœur n'est pas né pour le vostre.
Reprenez vostre amour, ie vous rends vostre cœur,
Rendez moy promptement l'espoir de ma grandeur
Oubliez d'estre Amant, si vous m'auez aimée,
Et seruez en Monarque vne Reyne opprimée.
Il m'est indiferent de tenir cet espoir
Des soins de vostre amour, ou de vostre deuoir.

LE ROY.

Ie ne me defens point d'vne si juste plainte:
Mais si vous connoissiez auec quelle contrainte

Ie difere vn secours que ie vous ay promis,
Et que par la rigueur des destins ennemis
Ce Roy, qui doit s'armer pour le secours d'vn autre,
Soûpire pour vn mal bien plus grand que le vostre;
Vous passeriez bien-tost d'vn si juste courroux
A la pitié d'vn Roy plus à plaindre que vous.

CAMILLE.

Dequoy vous plaignez vous dans l'estat où vous estes;
Dans vn Trône si haut au dessus des tempestes;
Ie ne puis deuiner ces nouuelles douleurs
Qui vous font negliger la fin de mes malheurs.
Est-ce d'vn Pere mort la récente memoire,
Qui peut troubler encor tant d'heur, & tant de gloire?

LE ROY.

Non, non; & si i'osois ouurir mon sentiment,
Vous sçauriez que ce coup me toucha foiblement,
Quand d'vn Roy trop prudent la vieillesse importune
Sembloit vn long obstacle à toute ma fortune;
Non que l'auidité du Trône paternel
M'arrachat pour sa mort vn souhait criminel:
Bien loin de souhaiter la grandeur souueraine,
Prince, ou Roy, c'est ce rang qui fait toute ma peine:
Entre les mains d'vn Pere il contraignoit mon cœur;
Dans mes mains il le fait auec plus de rigueur;
Et ie souffre aujourd'huy, maistre de sa puissance,
Le joug qu'il imposoit à mon obeïssance.
Ie crus qu'apres sa mort le rang qu'il m'a quitté
Rendroit à mes desirs vn peu de liberté:
Mais ie connoissois mal l'orgueil du Diadéme;
Prince, i'estois captif; Roy, ie le suis de méme,
Et ce rang glorieux n'a qu'vn éclat trompeur,
Qui fait à mesme temps, & cache mon malheur.
Mais pourquoy vous troubler d'vne plainte si vaine,
Quand vous n'entendez rien de l'excés de ma peine,

Et qu'vn respect plus fort que l'espoir d'en guerir,
Me deffend de parler, & de me secourir?

CAMILLE.

Seigneur, dans ce discours ie ne puis rien comprendre;
Mais il est temps enfin qu'vn Roy se fasse entendre,
Et qu'alors qu'vne Reyne implore son pouuoir,
Il refuse, ou s'apreste à faire son deuoir.
Ie n'examine point le secret de vostre ame,
Si c'est raison d'Estat, ou bien quelqu'autre flame,
Qui du cœur d'vn Monarque arrache ces soûpirs.
Quels que soient ces secrets & nouueaux déplaisirs,
Ne souffrez plus enfin qu'vn insolent nous braue;
Vous sçauez ses desseins par les aduis d'Octaue.
Nos mutins deuenus plus hardis, & plus forts,
Viendront jusqu'en ces lieux préuenir vos efforts,
Et vous feront rougir de tant de negligence.

LE ROY.

Nous sçaurons préuenir vne telle insolence;
Et vous sçaurez peut-estre auant la fin du jour,
Que i'aurois moins d'ennuis, si i'auois moins d'amour.

CAMILLE.

D'vne si foible amour, Seigneur, ie vous dispense,
Acquitez vous au moins des soins de ma vengeance;
Federic vient, adieu; sçachez, Seigneur, de luy
Ce que me doit vn Roy qui se fait mon appuy.

SCENE III.

FEDERIC, LE ROY, MARCELLIN, FLORISE.

LE ROY.

HE' bien, cher Federic, qu'auez-vous à me dire?
Vous dois-je mõ repos, ma gloire, & mõ empire?

FEDERIC.

Tout rit à vos souhaits ; & cette vieille Loy
Qui ne souffre en ces lieux que le regne d'vn Roy,
S'en va tomber par terre aux yeux de tout le monde.

LE ROY.

Apprenez moy sur quoy ce grand espoir se fonde.

FEDERIC.

C'est sur ce grand secours qui fait regner les Roys,
Qui fait la Loy par tout, & se moque des Loix,
Sur la force, Madame. Oüy cette Loy seuere
Que consacre le temps, que le Peuple reuere,
Ne peut sortir des cœurs que par de grands efforts;
La brigue & l'artifice ont de foibles ressorts.
Il faut en vous montrant, montrer tant de puissance,
Que tout ce qui vous nuit tremble en vostre presence.
S'il faut flater le Peuple, en ostant cet abus,
Il faut estre en estat de punir son refus.
A ce dessein i'ay fait ramasser sur nos terres
Les plus vaillans soldats de nos dernieres guerres;
Tous les Ports sont à moy, qui couuerts de Vaisseaux
Me donnent sous vos loix tout l'Empire des eaux.

Mais par cet appareil & de Vaisseaux, & d'armes,
De peur que nos voisins n'en prenent trop d'alarmes,
Vous sçauez le pretexte: Vne Reyne en ces lieux
Donne à cet armement vn motif glorieux:
I'ay fait dire par tout qu'on deuoit cette Armée
Au rétablissement d'vne Reyne opprimée;
Qu'au péril de l'Empire, & de tout nostre sang,
Il falloit forcer Naple à luy rendre son rang.
Ce pretexte plausible, & si plein de justice,
Du voisin défiant contiendra le caprice,
Qui dans vn autre temps surpris, épouuanté,
S'ebranleroit sans doute à cette nouueauté.

LE ROY.

Donc ie ne puis garder la supréme puissance
Que par la seule force, ou par la violence.
Federic, pardonnez à ma timidité;
Ie suis Femme tousiours sous ce Sexe emprunté.
Si ie ne puis regner sans jetter sur ma vie
L'horreur de l'imposture, ou de la tyrannie,
Sortons, sortons du Trône au moins auec honneur.

FEDERIC.

D'où vous naist tout d'vn coup ce remors suborneur?
Est-ce au Roy d'Arragon que vous cedez la place?
La crainte sur le Trône est de mauuaise grace;
Ce sont troubles qu'vn Roy doit tousiours s'épargner,
On n'est jamais Tyran, quand on sçait bien regner;
Suffit d'auoir regné, pour rendre vn regne juste:
Quand on s'est reuestu de ce pouuoir auguste,
Quand le Ciel l'a souffert, quand le Sort l'a voulu,
C'est assez pour garder le pouuoir absolu.

LE ROY.

Mais icy vostre Sexe a seul droict à l'Empire.

FEDERIC.

Mais vous en estes digne, & cela doit suffire.

Oüy ce Sceptre est à vous, & tout l'effort humain
Ne sçauroit l'arracher d'vne si digne main.
Armez vous seulement d'vne mâle asseurance.
Si nostre Sexe aspire à la toute-puissance,
Montrez luy que le vostre, aidé de vostre sang,
Peut former vn courage à soûtenir ce rang.
I'en prens en ces beaux yeux le glorieux augure;
Cet Empire receu des mains de la Nature,
Cet Empire sans Sceptre, & que fait la Beauté,
Adjouste à vos grandeurs vne autre majesté.
Les Graces ont déja couronné vostre teste,
Elles font de nos cœurs leur Trône & leur conquest
Et l'effort amoureux de ces charmes puissans
Est vn regne visible étably sur nos sens.

LE ROY.

Ton zele, Federic, emporte la victoire;
Couronne promptement & mon Sexe, & ma gloire,
Ie brûle, ie languis sous ce déguisement.
Ah! que ne connois-tu l'excés de mon tourment!
Allons, allons forcer toute ma destinée.

FEDERIC.

Attendez, attendez cette grande journée,
Où tout bien preparé pour vn succés certain,
Nous puissions sans peril tenter ce grand dessein.
Octaue doit regler toutes nos auantures;
Sur son retour de Naple on prendra ses mesures;
De l'estat des mutins instruits par son rapport,
De Camille, & de vous, nous reglerons le sort.

LE ROY.

Haste donc ce beau jour, & sçache...

FEDERIC.

Quoy, Madame.
Quel trouble...

LE ROY.

Ignore encor le ſecret de mon ame.

FEDERIC.

Quel ſecret !

LE ROY *bas.*

Ah ! Valere. Adieu ; mais ſouuiens-toy,
Si ie regne en ces lieux, que ie me dois vn Roy.

SCENE IV.

FEDERIC ſeul.

TV t'émeus à ces mots, ardeur ambitieuſe,
Et de ce prompt eſpoir la flame impetueuſe,
Malgré le froid de l'âge, & le poids de mes ans,
D'vne noble vigueur allume tous mes ſens.
Oſe, acheue, & regarde où mon courage aſpire;
La Beauté ſur le Trône, vne Reyne, & l'Empire.
Grand Roy, de tous nos Roys la gloire, & le dernier,
Toy, que la juſte horreur d'vne injuſte heritier
Força de ſuppoſer vn Fils à ta famille.
Sous le titre de Roy faiſant regner ta Fille,
Toy, qui voulus fier à mon zele diſcret
D'vn Sexe déguiſé le prétieux ſecret,
Souffre vne ambition que mon amour me donne;
La gloire eſt mon amour, & non pas la Couronne;
Ie ſuis Maiſtre du Trône, & mon cœur enflamé
Y cherche ſeulement la gloire d'eſtre aimé.
Aimer en ſi beau lieu, c'eſt la gloire elle-méme;
Grand Roy, ſous cet appas ie cours au Diadéme.

Ton orgueil fait regner ta Fille injustement;
Mon amour la fera regner innocemment:
Tu veux que pour regner ta Fille se contraigne;
Et ie veux couronner le Sexe qu'on dédaigne.
Mais puis que sur le Trône elle se doit vn Roy,
Souffre vn choix de sa part qui s'explique pour moy

SCENE V.

FEDERIC, VALERE, FABRICE

FEDERIC.

APprochez, mes enfans.

VALERE.

Ah! Seigneur, que de gloire
Vous apprefte l'espoir d'vne grande victoire,
Quand vous vous disposez d'vn effort glorieux
D'aller rendre Camille au rang de ses Ayeux.
Nous venons d'admirer sur l'onde, & sur la terre,
Le pompeux appareil d'vne si juste guerre;
Tous nos champs sont couuerts d'armes, & de soldats,
Et nos Ports herissez d'vne Forest de mats.
Tout le monde est rauy de voir que la Sicile
Va releuer par vous le Trône de Camille.
Pour nous, qui vous voyons dans vn employ si beau
Vous preparer l'espoir d'vn triomphe nouueau,
Touchez d'vn sentiment à vos vœux trop contraire,
Nous portons quelque enuie à la gloire d'vn Pere.
Quoy, Seigneur, ce grand cœur signalé tant de fois,
L'effroy des ennemis, l'appuy de deux grands Roys,

Luy qui de vostre nom a remply nos Histoires,
Soupire-t'il encore apres d'autres victoires?
Si vaincre fait encor ses plus ardens soûpirs,
Déchargez vous sur nous de ces nobles desirs,
Et faites de vos Fils au combat qui s'appreste
Les premiers bras du corps dont vous serez la teste.

FEDERIC.

Ah! Valere, ah! Fabrice, vne si belle ardeur
Est digne de mon sang, & digne d'vn grand cœur.
Vous aurez part tous deux à ce grand auantage;
Si ie doy triompher, c'est par vostre courage;
Et i'attendois de vous ces nobles mouuemens,
Pour verser dans vos cœurs de plus beaux sentimens
C'est peu de cette gloire où tout mon sang s'apprest
Vn Trône releué doit estre sa conqueste,
Le fruit de cet employ, le prix de vostre bras;
Vous vous troublez, mes Fils, vous ne m'entendez pa
Sçachez donc qu'en seruant vne illustre Princesse,
Il faut que l'vn de vous s'en fasse vne Maistresse,
Et que luy redonnant le pouuoir souuerain,
Elle mette en vos mains le don de vostre main.

FABRICE.

Nous jusques à Camille éleuer nostre veuë!

VALERE.

Quelque puissant respect qui la rende abbatuë,
I'ose tout par vostre ordre, & n'apprehende rien.

FABRICE.

Pour aspirer si haut, ie me connois trop bien.

FEDERIC *à Fabrice.*

Si d'vn si haut party la majesté t'étonne,
Songe que tout mon sang est né pour la Couronne;
Prens d'vn si digne aueu l'orgueil de ton aisné;
Ne crains rien du pouuoir d'vn Amant couronné,

Vn obstacle eternel le dérobe à Camille.
Naple aujourd'huy ne peut s'vnir à la Sicile;
Ces Trônes sont forcez d'auoir chacun vn Roy.
D'vn scrupule si vain reposez vous sur moy.
Cet Hymen pretendu n'est qu'vn adroit mystere
Qu'vn interest d'Estat a rendu necessaire.

FABRICE.

Donc, Seigneur, ie n'ay plus à craindre vn tel Riual.
Puis que vous me sauuez d'vn respect si fatal,
Il est temps, il est temps de vous faire connaistre
Vn feu dont jusqu'icy i'auois esté le maistre;
Et qu'enfin mon orgueil par vous-mesme irrité
Vous fasse vn plein aueu de sa temerité.
I'aime, i'aime Camille, & sans l'aueu d'vn Pere,
Ce cœur qu'on croit discret estoit vn temeraire.

FEDERIC.

Que i'aime en toy, mon Fils, vn feu si glorieux!
Car enfin c'est sur toy que i'ay jetté les yeux,
Pour releuer le sort d'vne Reyne opprimée.
Ie voy que de ce choix vostre ame est alarmée,
Valere.

VALERE.

Quoy, Seigneur, par quel sort aujourd'huy
L'honneur de cet employ tombera-t'il sur luy?
Luy seul merite-t'il toute vostre tendresse?
Ou bien ce foible amour dont on flate l'aisnesse
Voudroit-il dérober le Fauory d'vn Roy
Aux glorieux périls d'vn si fameux employ?

FEDERIC.

Mon Fils, pour te montrer toute l'amour d'vn Pere,
Ie te destine vn Sceptre, aussi bien qu'à ton Frere.
Tu regneras vn jour; mais sans t'inquieter,
Attends de moy le bien dont ie t'ose flater.

Va, ne me presse pas d'en dire dauantage,
Meritez l'vn & l'autre vn si grand auantage;
Et vous faisant au Trône vn chemin glorieux,
Conduisez tous vos pas où i'ay conduit vos yeux.
Ie vay vous preparer cette grande victoire.
Toy va-t'en à Camille annoncer cette gloire,
Et luy faire auoüer l'audace de ton feu.

SCENE VI.

VALERE seul.

ALlons le préuenir pour cet illustre aueu.
Se flate qui voudra d'vn Trône imaginaire,
La faueur d'vn grand Roy, les tendresses d'vn Pere,
Ne sont rien où ie vois vn Empire à gagner;
Et ie préfere à tout le hazard de regner.

Fin du premier Acte.

ACTE II.

SCENE PREMIERE.

FEDERIC, OCTAVE.

FEDERIC.

Qve ie ressens de joye, Octaue, à ton retour!
Que i'en augure bien dans cet illustre jour!
Tu vois de toutes parts se former l'assẽblée
Dont la Cour est surprise, & la Ville trou-
Et d'où tu verras naistre vn grand éuenement. (blée,
Cependant, cher Octaue, apprens moy promptement
Ce qu'aux lieux d'où tu viens a produit ta presence.
Tu m'as déja mandé par quelle violence,
Et sous quelles couleurs la jalouse fureur
A détrôné Camille, & détruit sa grandeur;
Et que l'ingrat Roger, pour attenter sans blâme,
Décrioit hautement le regne d'vne Femme.
Dis moy ce qu'a suiuy cet indigne attentat?

OCTAVE.

Roger s'éleue au Trône, arme auec grand éclat;
Mais tousiours menacé de ce Peuple indocile,
Au dehors allarmé des forces de Sicile,
Doutant mesme des siens; dans cette extremité
Il s'en va sur la Mer chercher sa seureté.

Il remplit ses Vaisseaux de Sujets infideles;
Et comme il est mal seur de la foy des rebelles,
Voulant s'en asseurer, il s'éloigne du Port,
Et les force à chercher la victoire, ou la mort.
Il s'auãce vers vous, bien moins pour vous surprend
Que pour fuir le péril qu'il court à vous attendre,
Voyant que le soldat par vos retardemens
Laissoit languir l'ardeur de leurs commencemens.
Cependant que Roger s'éloigne de sa Ville,
Ie m'y montre, i'agis, i'y treuue tout facile.
Tout le Peuple ébranlé n'attend qu'vn grand éclat
Et tout enfin dépend du succés du combat.

FEDERIC.

Le suceés est à nous, sois seur de la victoire;
Et pour t'apprendre enfin le comble de ma gloire,
C'est peud'vn Trône, Octaue, & l'orgueil de mes vœ
Entre mes Fils & moy s'ose en promettre deux:
Ie destine mon sang au Sceptre de Camille;
Et moy i'ose aspirer à celuy de Sicile.

OCTAVE.

Vous voulez détrôner son legitime Roy?

FEDERIC.

Oses-tu conceuoir ce soupçon contre moy?
Il est temps de t'ouurir cet important mystere;
Et si pres d'eclater, ie ne te doy rien taire.
Si dans Naple on couronne vn Chef des factieux,
Icy regne le sang d'vn Pere ambitieux,
Qui renuersant nos Loix couronne sa famille,
Et pour tout dire enfin, fait vn Roy de sa Fille.

OCTAVE.

Ciel! que m'apprenez-vous?

FEDERIC.

Vn secret étonnant;
Mais voy combien mon sort est rare & surprenant,

La Princesse voulant changer son auanture,
Comme i'auois aidé moy-mesme à l'imposture,
Ie m'appreste à forcer le Peuple à faire vn choix,
Pour vn Trône sans Roy, du seul sang de nos Roys.

OCTAVE.

Ce dessein est hardy.

FEDERIC.

C'est l'Amour qui m'en presse.

OCTAVE.

L'Amour !

FEDERIC.

Ce sentiment sied mal à ma vieillesse:
Mais aussi que sçait-on si cette passion,
Qui me semble l'Amour, n'est point l'ambition.
Le Trône jusqu'icy n'a point touché mon ame;
C'est sans doute l'Amour qui fait toute ma flame,
Oüy, tout âge est sujet à ce maistre absolu,
Et tout cœur peut aimer, quand le Ciel l'a voulu.
L'Amour tient sous ses loix toutes nos destinées,
Son Empire s'étend sur toutes nos années;
On doit dans tous les temps craindre ses trahisons,
Et l'Amour est vn Dieu de toutes les saisons.
Oüy, ie veux couronner la Princesse elle-mesme;
Pour redoubler mes soins, i'ose croire qu'elle aime;
Ie l'entens m'adresser ces grands mots : souuiens-toy
Si ie regne en ces lieux, que ie me dois vn Roy.
Ce charmant souuenir émeut toute mon ame.
Allons la couronner aussi bien que ma flame.
Tu connois mon credit, mon pouuoir, mes amis.
Vn seul trouble me reste en faueur de mon Fils;
Fabrice aime Camille, & ie voy que Valere
Aspire à sa Couronne aussi bien que son Frere.
Fais voir à mon aisné, sans luy rien expliquer,
Qu'vn Empire apres moy ne luy sçauroit manquer;

Que la faueur du Roy l'attache à sa personne,
Et qu'il peut dans ce rang attendre vne Couronne;
Qu'il luy sera plus doux de regner apres moy....
Mais Camille paroist.

SCENE II.

CAMILLE, FEDERIC, FLORIS

CAMILLE.

HE' bien, enfin le Roy
Va-t'il presser pour moy cette grande victoire?

FEDERIC.

Par son aueu Fabrice aspire à cette gloire.

CAMILLE.

Et la valeur du Roy se repose sur luy.

FEDERIC.

Le Roy, d'vn tel Sujet veut faire vostre appuy.

CAMILLE.

Il peut mesme ceder, sans en craindre du blâme,
A de pareils Sujets & mon Trône, & ma flame.

FEDERIC.

Fabrice se connoist, & pour ce grand espoir....

CAMILLE.

Qu'il me mette en estat d'vser de mon pouuoir.

FEDERIC.

Vous l'aurez tout entier, n'en soyez plus en peine,
Le Roy neglige trop l'interest d'vne Reyne;
Et vous sçaurez bien-tost, vous reposant sur moy,
Que ma parole icy vaut bien celle d'vn Roy.

SCENE III.

CAMILLE, FLORISE.

CAMILLE.

V vois qu'à mon party, dans vn sort si contraire,
I'engage adroitement les Enfans, & le Pere.
apprens de Federic que Fabrice est pour moy,
aiere vient aussi de m'engager sa foy;
t cette ombre d'espoir que ma bonté luy donne,
nspire à son orgueil l'espoir d'vne Couronne.

FLORISE.

insi l'amour du Roy vous est indiferent.

CAMILLE.

Non, ie doy l'auoüer, sa froideur me surprend;
a pitié qu'il me doit, par l'Amour enflamée,
ut vengé doublement vne Reyne opprimée:
semblroit que le Sort qui s'est joüé de moy,
e jettoit de mon Trône entre les bras d'vn Roy;
qu'il n'ostoit vn Sceptre à cette infortunée,
ue pour m'en rendre deux par ce grand Hymenée.
et espoir estoit doux; mais il le faut quitter,
uec le mesme orgueil que i'ay sceu l'accepter.
ce grand changement i'ay preparé mon ame;
e sçauois que l'aueu qu'il me fit de sa flame,
essus le choix d'vn autre auoit vn foible appuy;
on Pere la fit naistre, elle est morte auec luy.
oila ce que ie veux que tout le monde sçache:
ais par vn sentiment qu'à moy-mesme ie cache,
t t'auouë entre nous, que ie sens qu'en secret
on orgueil pour ce coup conçoit quelque regret;

Non de perdre l'amour d'vn grand Roy qui me quit
Mais de peur qu'on l'impute à mon peu de merite.
Voila dequoy mon cœur se plaint secretement.

FLORISE.

Il est fâcheux de perdre vn si parfait Amant;
Et déja dans la Cour on vous croit destinée
A l'éclatant honneur d'vn si grand Hymenée.

CAMILLE.

Fut-il maistre du Monde, & dans vn rang plus haut
S'il ne m'aime, il n'est rien auec vn tel defaut.
Suffit que deux grands cœurs, & de tout leur courag
Et de tout leur credit, daignent me faire hommage.
Si l'vn est sans amour, il m'offre son appuy;
Pour Fabrice, il m'adore, & i'attens tout de luy.

FLORISE.

Quoy, Fabrice vous aime?

CAMILLE.

Oüy, sa flame est extréme.

FLORISE.

Qui vous l'a dit?

CAMILLE.

Ses yeux m'ont dit cent fois qu'il m'aime.

FLORISE.

Vous fiez-vous si fort au langage des yeux?

CAMILLE.

C'est le plus seur langage, & rien ne parle mieux.

FLORISE.

Mais, Madame, aimez-vous ou Fabrice, ou Valere?

CAMILLE.

Fabrice dans mon cœur l'emporte sur son Frere;
Mais comme ie dédaigne vn Roy qui n'aime pas,
Vn Amant sans Couronne a de foibles appas.
Il est vray qu'attachée aux soins de ma Couronne,
Dans l'estat malheureux où le Sort m'abandonne,

a fierté me permet d'engager deux grands cœurs
soutenir ma gloire, & vaincre mes malheurs;
t ie puis obtenir d'vn deuoir trop seuere,
ue ie flate les Fils, quand i'attens tout du Pere;
ue ie souffre leurs feux, mais sans les ressentir;
ue i'écoute leurs vœux, mais sans y consentir.
ussi pour mieux flater leur esperance vaine,
veux rabatre vn peu cette fierté de Reyne,
bailler pour ma gloire vn rang si glorieux;
t si trop de respect leur fait baisser les yeux,
uec quelques regards porter dedans leurs ames
ne innocente audace à leurs timides flames;
t sans trahir l'orgueil du rang où ie me voy,
ider à leurs soûpirs à venir iusqu'à moy.

FLORISE.

ais pouuez-vous flater ou Valere, ou Fabrice,
ns qu'enfin vostre cœur s'oublie, ou se trahisse.

CAMILLE.

puis aimer l'vn d'eux, sans trop bailler mes yeux;
voy dans l'vn & l'autre vn destin glorieux.
éja par mes bontez l'ambitieux Valere
conceu tant d'espoir... Mais i'apperçoy son Frere;
u vas voir si ie sçay d'vn air assez adroit
ire parler vn cœur, quand il aime en secret.

SCENE IV.

ABRICE, CAMILLE, FLORISE.

FABRICE.

E têps viêt, grande Reyne, où le Ciel plus propice
Par vn puissant secours vous va faire justice;

Par l'aueu de mon Pere, & par l'aueu du Roy,
Ie me vois honoré de cet illustre employ.
Ie sçay qu'aupres de vous mon Frere sollicite
L'aueu de cet honneur auec plus de merite;
Et sa vertu peut-estre emporte dessus moy
Tout ce que i'obtenois & d'vn Pere, & d'vn Roy.

CAMILLE.

Ie n'ay pû refuser mon suffrage à Valere;
Mais vous auez pour vous celuy d'vn Roy, d'vn Pe
Et s'il m'estoit permis de faire quelque choix,
Ie resoudrois bien-tost à qui donner ma voix.
Mon aueu tout entier suit cette noble enuie,
Et d'vn plus doux succés ma disgrace est suiuie,
Lors que pour remonter au pouuoir souuerain
Vn Héros comme vous me doit prester sa main.

FABRICE.

Ah! qu'vn si digne aueu me va combler de gloire!
I'en sens presque déja l'espoir de la victoire:
Mais dans ce beau succés puis-je vous declarer
Que ie tremble des biens que i'en ose esperer?
Oüy, Madame, charmé de l'employ qu'on me don
Et d'aller par ma main vous rendre vne Couronne,
Ie sens naistre au milieu de cet espoir si doux
Les mortelles frayeurs de vous voir loin de nous.
Quand le Ciel par nos mains mettra fin à vos larm
Quand vn Trône rendu nous rauira vos charmes,
Que deuiendra Fabrice? & dans ces tristes lieux
Quel charme loin de vous consolera mes yeux?

CAMILLE.

Vous suis-je en cet estat sans trop de complaisance
Assez chere à vos yeux pour craindre mon absence?
Flater d'vn air si doux celle qu'on veut venger,
Fabrice, c'est sçauoir doublement l'obliger.

FABRIC

FABRICE.

Auec moins de bonté receuez cette plainte;
A des vœux plus hardis imposez plus de crainte;
Reprimez leur audace, & ne m'arrachez pas
L'aueu de ce qu'on craint, quand on perd tant d'appas.
Ah! ie sens qu'à ce cœur qui n'ose vous déplaire,
Ces yeux vont dérober vn aueu temeraire.
Armez les, ces beaux yeux, de toutes leurs fiertez.
Hé ne voyez vous pas, qu'aupres de ces bontez
Ce cœur audacieux va tomber dans le crime?
Retenez mes desirs sur le bord d'vn abyme.
Ie sens par ce regard mes respects ébranlez;
I'y tombe, c'en est fait, puis que vous le voulez.
Madame, le voila cet Amant miserable,
Tombé par vos bontez dans vn crime effroyable;
Son cœur, ce triste cœur, soûpiroit en secret;
Il estoit malheureux, mais il estoit discret;
Et pour comble aujourd'huy de son malheur extréme,
Il deuient criminel en auoüant qu'il aime.
Faites, faites justice à ses temeritez,
Sans y considerer l'effet de vos bontez;
Ou pour les acheuer, perdez ce temeraire,
Madame, il aime mieux & mourir, & se taire,
Qu'adorer sans espoir toute la majesté
Que jettent à la fois le Trône & la Beauté.

CAMILLE.

Quoy, cette majesté desespere Fabrice!
Le Trône & la Beauté n'ont rien qui l'éblouïsse;
Il est trop pres du Trône, & la Cour de ces lieux
Aux plus grandes Beautez accoustume ses yeux.
Vous auez tort de craindre auec tant d'auantage;
Et songez, pour en prendre vn peu plus de courage,
Que l'amour de Fabrice est heureux en ce poinct,
Qu'vne Reyne le sçait, & n'en murmure point.

SCENE V.

FABRICE seul.

O Miracle d'amour, que l'Amour n'ose croire !
Belle temerité, qu'a suiuy tant de gloire !
Mais mon Frere paroist.

SCENE VI.

VALERE, FABRICE.

VALERE.

A Ce beau mouuement
Ie reconnois l'espoir d'vn bienheureux Amant.
D'où vient ce beau transport qui dans vos yeux éclate?

FABRICE.

D'vn peu d'espoir, mon Frere, vn malheureux se flate.

VALERE.

Vous vous flatez sans doute, apres ce qu'on m'a dit;
A ces douces erreurs donnez moins de credit.

FABRICE.

Ie sçay que vous auez l'honneur de son suffrage.

VALERE.

Vous pretendez sans doute vn plus grand auantage.

FABRICE.

Moy, ie ne prétens rien.

VALERE.

Vous faites le discret;
Et sous cet air modeste on triomphe en secret.

FABRICE.

Vous voulez me surpendre, & tenter ma foiblesse.

VALERE.

Camille l'a pû faire, elle a beaucoup d'adresse.

FABRICE.

Ie croy quand il luy plaist qu'elle n'en manque point;
Mais nous serons bientost éclaircis sur ce poinct.

VALERE.

Il faut que cet espoir abuse l'vn ou l'autre.

FABRICE.

Auec mon peu d'espoir ie vous laisse le vostre.

VALERE.

Quel que soit cet espoir que vous m'osez vanter,
C'est en dire vn peu trop à qui peut vous l'oster.
Gardez plus de respect à ce double auantage
Que me donnent sur vous & mon rang & mon âge.
Si de deux Fils mon Pere ose faire deux Rois,
Regnez, si vous pouuez, mais laissez m'en le choix.
Vn Sceptre s'offre à moy dans l'hymen d'vne Reyne;
Et son amour n'est pas ce qui me met en peine.
Separez, s'il se peut, sa Couronne & son cœur;
La seule ambition fait toute mon ardeur.
Aimez, ie veux regner; vous regnez par vn autre,
Mon Pere m'offre vn Trône, & ce sera le vostre.
I'attache mes desirs à celuy que ie voy,
Et ne hazarde point la gloire d'estre Roy.

FABRICE.

Ah! cruel, ce n'est pas l'éclat d'vn Diadéme
Qui charme mes desirs, c'est Camille que i'aime;
Ie ne veux que son cœur, & l'espoir de regner,
Au prix de sa conqueste, est trop à dédaigner.

Ah! si vous connoissiez la grandeur de ma flame,
Et les belles ardeurs qui regnent dans mon ame....

VALERE.

Ah! si vous connoissiez quelle est la passion
D'vn cœur qui fait regner la noble ambition,
Quelle est l'auidité d'vne grande victoire,
Quelle est l'amour du Trône, & celuy de la gloire;
Vous ne m'enuiriez pas l'ambitieux employ
Qui m'offre vne victoire, & le titre de Roy.

FABRICE.

Ces desirs ont-ils rien de si grand que ma flame?

VALERE.

Rien n'égale l'ardeur qui consume mon ame.

FABRICE.

La Terre a plus d'vn Trône où vous pouuez regner;
Mais elle n'a qu'vn cœur que ie veüille gagner.

VALERE.

Naples est le seul Trône où i'ay lieu de pretendre.

FABRICE.

On vous en promet vn que vous pouuez attendre.

VALERE.

Gardez, gardez pour vous ces belles visions;
Cedez tout vostre espoir à ces illusions;
Mais c'est trop contester; si vous m'estes contraire,
Sçachez que ie perdray toute l'amour d'vn Frere;
Et cette ambition dont vous estes *jaloux*,
Commencera sa gloire à triompher de vous.

FABRICE.

Ie sçay quel est le rang qu'vn Monarque vous donne;
Mais quel qu'il soit enfin, il n'a rien qui m'étonne.
Sçachez que i'ay du cœur autant que i'ay d'amour,
Et que pour me l'oster, il faut m'oster le jour.
Ce cœur qui vous paroist foible par sa tendresse,
Ignore ce que c'est que crainte & que foiblesse;

Et le vostre sçauroit, s'il aimoit comme moy,
Qu'vn grand amour peut tout, quand il agit pour soy.

VALERE.

Nous verrons si le Roy vous souffre tant d'audace.

FABRICE.

I'ay de vostre crédit préuenu la menace:
Ouy, mon Frere, & sçachez que i'ay fauеu du Roy;
Ie ne m'en vantois point, Camille estant pour moy.
Son aueu me suffit pour n'auoir rien à craindre.

VALERE.

Nous verrons qui de nous aura lieu de se plaindre.
Il vient.

SCENE VII.

LE ROY, VALERE, FABRICE, MARCELLIN.

LE ROY.

Quels differens s'agitent entre vous?

VALERE.

Fabrice transporté d'vn aueugle courroux,
Est deuenu si fier par la faueur d'vn Pere,
Qu'il m'ose disputer tout le bien que i'espere.

LE ROY.

Fabrice, sçauez-vous jusqu'où va la fureur,
Qui s'en prend à l'objet de toute ma faueur?
C'est s'en prendre à moy-méme; & si le nom de Frere
Vous permet de manquer de respect à Valere,
Considerez son rang, sa gloire, & son appuy.
Mais quel ressentiment vous aigrit contre luy?

FABRICE.

Seigneur, ie reconnois le bonheur de Valere.
Mais quãd i'ay vostre aueu, quãd i'ay celuy d'vn Pere,
Est-ce auec ce secours manquer à mon deuoir,
De soûtenir mes droicts contre tout son pouuoir?
M'auez-vous pas, Seigneur, accordé la licence
De regarder Camille auec quelque esperance?
Luy vanter cet espoir, c'est vanter vostre aueu;
Est c'est prendre de vous l'audace de mon feu.
Pourquoy veut-il rauir à mon amour extréme
La gloire de seruir vne Reyne que i'aime?
Mes soûpirs auoüez m'imposent cette Loy;
Et son orgueil jaloux murmure contre moy.
L'impatiente ardeur d'vne ame ambitieuse
A toutes vos bontez deuient injurieuse;
Et cherchant sur le Trône vn peu plus de grandeur,
Il se veut dérober à toute sa faueur.

LE ROY.

Est-ce par ce motif que Valere s'emporte?
Cherche-t'il à regner, & d'vne ardeur si forte,
Qu'il expose aux périls d'vn combat incertain
Le prétieux bonheur qu'il tient dedans sa main?
Laisse à tõ Frere vn soin pour luy si plein de charmes,
Et daigne m'épargner de mortelles alarmes.
Regne auec moy, Valere, & calme ce transport
Qui met tout ce que i'aime entre les mains du Sort.

VALERE.

Quoy, vous aussi, Seigneur, d'accord auec mon Pere,
Vous estes aujourd'huy contre moy pour mon Frere?
Ie vous verray former le glorieux projet
D'honorer d'vn employ la valeur d'vn Sujet;
Ie verray tout l'espoir d'vne grandeur certaine,
Vn Empire asseuré dans l'Hymen d'vne Reyne;

Ie verray tant de gloire; & vous voudriez, Seigneur,
Laisser à mon espoir échaper tant d'honneur?
Seigneur, est-ce m'aimer?

LE ROY.

Ah! Valere, ie t'aime,
I'en atteste le Ciel beaucoup plus que moy-méme.
Veux-tu quitter vn Roy qui t'a mis dans son cœur?
Luy qui t'a reuestu de toute sa faueur,
Et t'a presque accablé de sa magnificence?
Quelle amitié iamais eust plus de violence?
Que faut-il faire encor pour te la témoigner?

VALERE.

Aimer moins mon Riual, & me laisser regner.

LE ROY.

Ie le voy bien ingrat, vous adorez Camille;
Les beautez, les grandeurs de la *Cour de Sicile*,
Ne sçauroient arrester ce cœur ambitieux;
Vne Reyne a charmé vostre cœur, & vos yeux.
Voulez-vous estre Roy? que vous faut-il pour l'estre?
De mõ rang, de mõ cœur, n'estes-vous pas le maistre?
Pour vn espoir douteux qui charme vos desirs,
Me voulez-vous couster d'eternels déplaisirs?
Ah! ie voy dans ces yeux cette ardeur infidelle,
L'ingrate auidité d'vne grandeur nouuelle.
Hé bien, brûle à iamais de cette passion,
Donne-toy tout entier à ton ambition,
Ie te feray regner, puis que c'est ton enuie;
Ie te feray regner sans hazarder ta vie,
Donne-moy seulement le temps d'agir pour toy.

VALERE.

Et cependant mon Frere ira se faire Roy.
Pardonnez ces transports dont la chaleur vous blesse,
Aux vœux impétueux d'vne ardente jeunesse.

Rien ne peut égaler l'amitié de mon Roy :
Mais quand vostre faueur m'oste vn si grand employ,
Puis-je estimer l'honneur d'vne si haute place,
Et croire que l'on m'aime apres cette disgrace?

LE ROY.

Hé bien, ambitieux, abandonnez ma Cour,
Fuyez vostre bonheur, mes yeux, & mon amour.
Soûpirez pour le Sceptre, & le cœur de Camille,
Mais ne vous flatez pas d'vn espoir inutile:
Fabrice, c'est à vous que ie rens cet espoir.

FABRICE.

Ah ! Seigneur.

LE ROY.

C'est assez. Vous cessez de me voir,
Ie ne veux plus rougir de vostre ingratitude.

SCENE VIII.

LE ROY, MARCELLIN.

LE ROY.

IL fuit, & m'abandonne à mon inquietude.

MARCELLIN.

Et vous l'allez reduire au dernier desespoir.

LE ROY.

Que ne se resout-il à faire son deuoir ?

MARCELLIN.

Madame, est-ce y manquer, quand son grand cœur l'entraine
Au glorieux espoir d'acquerir vne Reyne?

LE ROY.

Ie souffre à ce grand cœur le desir de regner;
Mais ce cœur à l'Amour se peut laisser gagner;
Il peut aimer Camille, & souffrir dans son ame,
Auec l'amour du Trône, vne si belle flame.
Va suiure cet ingrat pour calmer mes ennuis,
Dis luy tout mon amour, & tout ce que ie suis;
Va pour finir son trouble, aussi bien que ma peine,
Opposer vne Reyne à l'espoir d'vne Reyne.

MARCELLIN.

Moy, que i'aille à ses yeux trahir vostre secret?
Hazarder vostre rang.

LE ROY.

Non, Valere est discret.

MARCELLIN.

Mais enfin ce secret peut sortir de son ame.

LE ROY.

Il peut aimer Camille en ignorant ma flame.
Hazarde ma fortune, & mets ma flame au jour;
On peut viure sans Trône, & non pas sans amour.

MARCELLIN.

Mais sans Trône auez-vous dequoy charmer Valere?

LE ROY.

Helas! pour mon amour enfin que faut-il faire?

MARCELLIN.

Consultez Federic, Madame, c'est à luy
D'estre de vostre sort & l'arbitre & l'appuy.

LE ROY.

Va donc à Federic ouurir toute mon ame.
Qu'on ne ménage rien pour secourir ma flame:
Moy ie vay de Valere appaiser la douleur,
Empescher son depart, luy rendre ma faueur.

MARCELLIN.

Federic fait pour vous vne brigue puiſſante;
Craignez le contretemps d'vne ardeur trop preſſante.

LE ROY.

Pour les périls du rang ceſſe de m'alarmer;
S'il eſt doux de regner, il eſt plus doux d'aimer.

Fin du ſecond Acte.

ACTE III.

SCENE PREMIERE.

FEDERIC, MARCELLIN.

FEDERIC.

Qve me dis-tu?

MARCELLIN.

Seigneur, c'eſt Valere qu'elle aime.

FEDERIC.

Son extréme courroux marque vne amour extréme.
Mais que ne peut oſer cet amoureux transport,
Puis qu'elle t'a fié le ſecret de ſon ſort?

MARCELLIN.

Elle a pû ſans péril m'en faire confidence;
Et i'ay trop d'intereſt à garder le ſilence.

FEDERIC.

Elle a pû tout fier à ta fidelité;
Mais il faut plus de force, & plus de fermeté,
Quand par le ſeul ſecret on garde vn Diadéme.

MARCELLIN.

On peut mal-aiſément ſe taire, quand on aime.

FEDERIC.

Que ne préfere-t'elle vn Trône à ſon amour?

MARCELLIN.

Mais puis que ce ſecret s'en va paroiſtre au jour....

FEDERIC.

Il n'est pas encor temps ; & l'ingrate Princesse.
Me deuoit consulter plustost que sa tendresse.

MARCELLIN.

Mais si nostre Princesse a trahy son secret.

FEDERIC.

Va préuenir l'effet d'vn amour indiscret.
Dis luy que i'auray soin d'en instruire Valere,
Mais d'vn air qui pourra l'obliger à se taire.

MARCELLIN.

Mais Seigneur....

FEDERIC.

C'est assez ; dis luy que cet amour
Bien-tost aux yeux de tous pourra paroistre au jour;
Et qu'elle oppose enfin à tant d'impatience
Le péril où sa flame expose sa puissance.

SCENE II.

FEDERIC seul.

QV'est-ce cy, Federic? ce n'est donc pas pour toy,
Ce n'est que pour tō Fils qu'ō veut choisir vn Roy.
Pour vn autre que moy la Princesse soûpire?
I'ay couronné son Sexe, abusé tout l'Empire,
I'ay trompé tout l'Estat pour la faire regner;
Et i'auray la douleur de m'en voir dédaigner.
Me croit-elle à ce poinct imprudent & facile,
Que de luy conseruer le Sceptre de Sicile,
Et la mettre en estat dans ce rang souuerain,
De choisir vn Monarque en luy donnant la main?

Non, non, regnons, mon Sexe a droict à la Couronne,
Et sur tout autre enfin la force me la donne:
Amour trahy, soustiens mon indignation,
C'est pour toy que mon cœur a de l'ambition.
Quelle secrete voix reproche à ma memoire
L'ingrat oubly d'vn Roy qui m'a comblé de gloire?
Grand Roy, ie t'ay juré de conseruer ton rang
Malgré l'horreur du Sexe, aux restes de ton sang.
Oüy ton sang regnera; mais puis qu'il me dédaigne,
Voulant m'en faire aimer, souffre aussi que ie regne.
Voulant m'en faire aimer! helas déja son cœur
Soûpire, & pour mon Fils soûpire auec ardeur.
Tu sçais, sans y penser, trop aimable Valere,
Te bien venger du choix que i'ay fait pour ton Frere.

SCENE III.

FEDERIC, OCTAVE.

FEDERIC.

Octaue, sçais tu bien.. ..

OCTAVE.

Quoy, Seigneur.

FEDERIC.

Qu'vn moment
Renuerse mon espoir.

OCTAVE.

D'où vient ce changement?

FEDERIC.

La Princesse a conceu de l'amour pour Valere.

OCTAVE.

Voila ce que m'apprend l'éclat qu'il vient de faire.

Octaue, m'a-t'il dit, i'ay tout ce que ie veux,
Ma fortune est changée, & ie suis trop heureux.
Il me quitte à ces mots tout brillant d'allegresse.
Ie venois de le voir accablé de tristesse,
Quand pour vous obeïr i'ay pressé son deuoir;
Ie l'auois veu reduit au dernier desespoir,
Murmurant contre vous, cõtre vn Roy, cõtre vn Frere.

FEDERIC.

L'amour de la Princesse, vn Trône qu'il espere,
Ont calmé ses ennuis, & font voir dans ses yeux
Les superbes transports d'vn espoir glorieux.

OCTAVE.

Nous pouuons nous tromper; mais sur cette apparence
Que pouroit vostre Fils contre vostre puissance?

FEDERIC.

Veux-tu que contre vn Fils, pour garder mon espoir,
Ie me serue en Tyran d'vn absolu pouuoir,
Et que i'aille forcer le cœur de ma Princesse?

OCTAVE.

Hé bien, Seigneur, regnez; obligez sa tendresse
De s'attacher au choix d'vn Amant couronné.

FEDERIC.

L'Amant qu'on aime ainsi, le crois-tu fortuné?

OCTAVE.

Hé bien, regnez sans elle, & deuenez son Maistre.

FEDERIC.

Ah! ie hay trop les noms de parjure & de traistre;
Le feu Roy m'engagea d'vn serment solemnel
De conseruer sa Fille au Trône paternel;
Et sans jetter sur moy l'horreur d'vn infidelle,
Ie ne puis sur son Trône oser regner sans elle.

OCTAVE.

Ie ne vois donc, Seigneur, qu'vn moyen à tenter:
Découurez vostre amour, il est temps d'éclater,

Appliquez tous vos soins à gagner la Princesse:
Peut-estre que Valere ignore sa tendresse;
Elle a le cœur trop bon, pour ne la cacher pas.

FEDERIC.

Qu'vn Amant de mon âge a de foibles appas,
Et qu'vn Fils est puissant contre l'amour d'vn Pere!
Il faut en cet estat n'aimer plus, ou se taire.
Mon cœur aimãt vn choix qu'il ne sçauroit charmer,
Ne rougit qu'en secret de la honte d'aimer.
Pour sauuer mon orgueil de cette honte extréme,
De n'estre pas aimé, quand i'auoüray que i'aime,
Ie veux me faire aimer sans declarer mon feu,
Ou de tant de grandeur soûtenir mon aueu,
Que tout ce qu'a d'appas la plus belle jeunesse,
Cede au solide éclat d'vne illustre vieillesse.

OCTAVE.

Faites vous promptement vn sort si glorieux.

FEDERIC.

Leuons auparauant l'obstacle de mes vœux;
Et rendans à Valere vn espoir plus facile,
Ostons-le à la Princesse, en luy donnant Camille.
Que Fabrice en murmure, on ne ménage rien
Pour l'interest d'vn choix aussi beau que le mien.
Voicy Valere: ô Ciel! que sa joye est extréme!
Ah! ie voy bien qu'il sçait que la Princesse l'aime.

SCENE IV.

FEDERIC, VALERE, OCTAVE.

FEDERIC.

HE' bien, mon Fils, le Ciel a changé vostre sort.

VALERE.

Vous le pouuez juger, Seigneur, à mon transport.
Le cœur comblé de joye, & de reconnoissance,
Ie viens mettre à vos pieds toute mon esperance.
D'vn lieu qui m'est bien cher ie prens vn bien si doux;
Mais il est imparfait, s'il ne me vient de vous.
Au moment que i'ay crû ma disgrace certaine,
On me rend tout d'vn coup tout l'espoir d'vne Reyne.

FEDERIC.

D'vne Reyne! mon Fils. *bas.* Elle a tout réuelé,
Octaue, & qui pis est, son amour a parlé.

VALERE.

Voyez par ce billet si i'ay lieu d'y pretendre.

FEDERIC *bas.*

De mon transport jaloux ie ne me puis defendre,

VALERE.

I'espere vostre aueu, quand i'ay celuy du Roy.

FEDERIC.

Du Roy, mon Fils? tu peux tout esperer de moy.

FEDERIC *lit le billet.*

Valere, ma tendresse a surmonté ma haine;
Garde mesme credit, mesme rang dans ma Cour;
Et pour te faire voir jusqu'où va mon amour,
Aspire hardiment à celuy d'vne Reyne;
Mais fais que Federic auant la fin du jour
Mette fin à ma crainte aussi bien qu'à ta peine.

FEDERIC *continuë.*

à Oct. La Princesse à mon Fils se promet elle-méme,
C'est le sens du billet; voy son amour extréme.

VALERE.

Le Roy me rend Camille, acheuez mon bonheur.

FEDERIC.

Octaue. L'apparence le trompe, acheuons son erreur.
Valere. Puis que le Roy le veut, aime, espere Camille,
üy, mon Fils; & c'est peu d'estre grand en Sicile,
lfaut regner dans Naple, & sur vn reuolté
enger l'honneur du Trône, & de la Majesté.
t vay tout disposer pour haster ta victoire.
on Frere seul te peut enuier tant de gloire:
ais enfin ton aisné doit auoir cet employ;
lpourra commander sous ton ordre, & sous moy.
oy pour venger Camille, & punir vn rebelle,
ar de nobles motifs embrasse sa querelle;
ime, adore vne Reyne; & contre son malheur,
ar les soins de l'Amour, excite ta valeur.

SCENE V.

VALERE seul.

Ve i'adore vne Reyne; à ce seul mot mon ame
Se sent toute embraser d'vne si belle flame:
ı cœur ambitieux peut-il aimer ailleurs?
peut-il conceuoir de plus nobles chaleurs?
ıis quel trouble impréueu confond mon esperance?
cue m'offre mon Pere est-il en sa puissance?
Camille aime ailleurs, si mon Frere est aimé,
e deuiendra l'espoir dont mon cœur est charmé?
s ie semble approcher du Trône que i'espere,
s ie sens le péril d'vn espoir temeraire.
is le Roy vient. Allons embrasser ses genoux,
éuerer la main qui m'offre vn bien si doux.

SCENE VI.

VALERE, LE ROY, MARCELLIN

MARCELLIN *en entrant auec le Roy.*

FEderic m'a promis d'en éclaircir Valere.

VALERE.

Ah! Seigneur, se peut-il....

LE ROY.

Excuse ma colere;
I'ay crû que satisfait de toute ma faueur,
Tu deuois renoncer à tout autre bonheur:
Mais ie connoissois mal le destin de Valere,
Et ma tendre amitié songe à te satisfaire.
Mais dis-moy, tout remply de cette ambition,
Ton grand cœur blâme-t'il toute autre passion?
Ta fierté croit honteux le joug d'vne Maistresse,
Traitte l'Amour d'enfant, ses transports de foible
L'orgueil d'vn hōneste hōme, & sur tout dās la Cou
Peut compatir, Valere, auec vn peu d'amour:
L'Amour se vengera de cette indiference.

VALERE.

I'ignore encor, Seigneur, jusqu'où va sa puissance;
Et peut-estre l'orgueil dont on m'ose blâmer,
Peut luy seul me defendre, & m'empescher d'aimer
I'ay de l'ambition, Seigneur, ie vous l'auouë;
Et c'est vostre faueur qui fait que ie m'en louë.
Eleué par vos soins au faiste des grandeurs,
Ie croy par cet orgueil honorer vos faueurs:
Plein de cette fierté i'aspire au rang supréme,
Ie ne puis rien aimer au dessous de moy-méme,

t ie croy dans le rang où m'éleue mon Roy,
ue tout choix est trop bas, s'il n'est pl⁹ haut que moy.
pendant au milieu d'vne belle esperance,
ne sçay quelle peur m'en oste l'asseurance;
t quand i'ose pousser d'ambitieux soûpirs,
sens qu'elle rabat le vol de mes desirs.

LE ROY.

ous n'auiez pas tantost ces scrupules dans l'ame;
ous auez crû pouuoir justement, & sans blâme,
ontre mes sentimens demander vn employ
ui promet vne Reyne, & le titre de Roy.

VALERE.

aintenant, si tantost i'estois trop temeraire,
voy mieux la grandeur du bonheur que i'espere;
ûtenu par mon Pere, & par vous, mon espoir
rappé d'vn si haut rang, n'ose se faire voir.

LE ROY.

lere a donc appris le secret de son Pere;
rlez enfin, parlez; expliquez-vous, Valere.

VALERE.

uis, Seigneur....

LE ROY.

Ah! c'est trop se contraindre tous deux;
ous sçauez qui ie suis, & ie connois vos vœux.

VALERE.

ais ne sçauez-vous pas que mon audace extréme....

LE ROY.

perez tout de moy, d'vn Pere, & de vous-méme.

VALERE.

puyé de l'aueu de vostre Majesté,
is-je croire mon Pere, & ma temerité?
'est-ce point me flater d'vn espoir inutile,
e pretendre au bonheur d'estre aimé de Camille?

LE ROY.

Quoy, vous aimez Camille?

VALERE.

Oüy, ie l'aime, Seigneur.

LE ROY.

O d'vn espoir trompé trop sensible douleur!

VALERE.

Seigneur.

LE ROY.

Allez, ingrat, indigne de ma grace,
Ambitieux, Amant, vous auez mesme audace.

VALERE.

Quoy, cet ordre si doux écrit de vostre main?
A-t'il dû me laisser vn espoir incertain?
Aspire hardiment à l'amour d'vne Reyne,
Ces mots m'ont-ils flaté d'vne esperance vaine?

LE ROY.

Oüy, lors que vous rendez tout mon espoir confu
Si ce billet fut vray, sçachez qu'il ne l'est plus.
Vous perdez tout, ingrat, en adorant Camille:
Tous les biens que le Ciel vous gardoit en Sicile,
Tout ce que vous auez de grandeur dans ma Cour
Tout a pery pour vous par cet indigne amour.

VALERE.

Quoy, mon amour est-il digne de tant de haine?
Ne m'ordonniez-vous pas d'esperer vne Reyne?

LE ROY.

Non, ie vous le deffens; & mon juste transport
Hait vostre ingratitude à l'égal de la mort.

VALERE.

Pour vous plaire, Seigneur, que faut-il que ie fasse

LE ROY.

Renoncer à Camille, & meriter ma grace.

VALERE.

ımez-vous la Beauté dont mes yeux sont charmez?

LE ROY.

Ja hay, ie vous hays autant que vous l'aimez.

VALERE.

uel est donc ce transport que ie ne puis comprendre?

LE ROY.

ruel, c'est ton amour qui ne veut pas l'entendre:
ais pour confondre enfin ton ingrate froideur,
faut t'ouurir moy-méme & mon sort, & mon cœur,
çache donc que ie suis....

MARCELLIN.

Helas! qu'allez-vous faire?

LE ROY *à Valere.*

u ne le sçais que trop; sors, & fuis ma colere.

VALERE.

eigneur, écoutez moy.

LE ROY.

Non, ie n'écoute rien.
issez-moy.

VALERE.

Ciel! quel sort est comparable au mien?

SCENE VII.

LE ROY, MARCELLIN.

LE ROY.

Oy quel est de mon sort l'injurieux caprice;
Ce billet que i'ay crû me rendre vn bon office,
uthorise Valere à trahir mon espoir.

MARCELLIN.

Pour l'entendre ſçait-il tout ce qu'il faut ſçauoir?
Peut-eſtre Federic cache encor ce myſtere.

LE ROY.

Tu m'as dit qu'il deuoit l'expliquer à Valere.
Sans doute qu'il le ſçait, & feint de l'ignorer,
Pour adorer Camille, & me la préferer.
Afin de le conuaincre, allons faire paroiſtre
Vn deſtin que l'ingrat feint de ne pas connoiſtre.

MARCELLIN.

Gardez-vous bien encor de l'aller mettre au jour,
C'eſt auec voſtre rang expoſer voſtre amour:
Voſtre Trône en péril, vous hazardez Valere.

LE ROY.

Quoy, touſiours ſe cacher, ſoûpirer, & ſe taire?
C'eſtoit peu que mon rang contraignit mes ſoûpirs
L'Amour meſme s'oppoſe à ſes propres deſirs.
Eſclaue d'vne gloire à mon amour fatale....
Ne voy-je pas paſſer ma ſuperbe Riuale?

SCENE VIII.

LE ROY, CAMILLE, MARCELLI FLORISE.

LE ROY.

VEnez, venez vanter le pouuoir de vos yeux,
Valere a reſſenty leurs traits victorieux.
Vous me l'oſtez, Madame; & quand ma main s'apre
D'aller de vos mutins diſſiper la tempeſte,
D'aller mettre à vos pieds vos cruels ennemis,
Vous m'oſtez le repos que ie vous ay promis.

ſt-ce pour m'arracher le ſeul bien où i'aſpire,
ue le Ciel en courroux vous dérobe vn Empire?
e perdray plus par vous que vous n'auez perdu;
i vous perdez vn Sceptre, il vous ſera rendu;
pour vous conſoler d'vn deſtin ſi contraire,
ous regnez cependant ſur le cœur de Valere.

MARCELLIN.

ous parlez en Amante, au lieu d'agir en Roy.

LE ROY.

s tranſports de mon Sexe échapent malgré moy:
ais forçons la fureur dont mon ame eſt ſaiſie.

CAMILLE *à Floriſe.*

e Roy m'aimeroit-il? tu vois ſa jalouſie.
eignant d'aimer Valere, irritons ſon amour.

LE ROY.

adame, triomphez au milieu de ma Cour:
oüiſſez de ma peine, & de voſtre victoire;
ais au moins gardez-vous d'oublier voſtre gloire,
couter vn Sujet, c'eſt deſcendre trop bas;
t c'eſt mal ménager l'honneur de tant d'appas.

CAMILLE.

uenez-vous ſi-toſt à vous-méme contraire?
ous vantiez ma conqueſte, & l'amour de Valere
ous ſembloit racheter la gloire de regner.
ous paroiſt-il ſi-toſt vn choix à dédaigner?

LE ROY.

'ay d'abord oublié l'orgueil du Diadéme,
e que ie dois au Trône, à ma gloire, à vous-méme;
ais pour me rendre enfin tout ce que ie me doy,
e change de langage, & ie vous parle en Roy.
e me ſens obligé d'aduertir voſtre gloire
e ne ſe flater pas d'vne indigne victoire:
rougirois pour vous, ſi Valere aujourd'huy
ous faiſoit foiblement deſcendre juſqu'à luy,

CAMILLE.

Vous prenez trop de soins, & leur excés m'étonne
I'ay veu qu'ils se bornoient au bien de ma Couron
Mais à ce que ie voy cette nouuelle ardeur
S'interesse à ma gloire autant qu'à ma grandeur.
Songez que quand le Sort m'oste le rang suprême,
Ie doy porter mes yeux plus bas qu'vn Diademe;
Ie l'ay fait, & i'y treuue vn choix digne de moy,
Et dequoy me venger de la perte d'vn Roy.
Valere peut toucher la vertu la plus fiere,
Et du rang Souuerain l'orgueil le plus seuere
Ne s'empressa iamais à demander des Rois,
Quand vn si grand Héros se presente à son choix:
Eleuer jusqu'à nous vn merite sublime,
Faire vn Roy d'vn Sujet, ne fut iamais vn crime;
Et i'aime mieux vn choix, à qui l'on sert d'appuy,
Que s'il falloit monter pour aller jusqu'à luy.

LE ROY.

Si vous vantez si fort cette belle victoire,
Vous vous serez sans doute enuier tant de gloire.

CAMILLE.

On peut me l'enuier, mais non pas me l'oster.

LE ROY.

Vne Reyne s'appreste à vous la disputer.

CAMILLE.

Cette Riuale encore ne nous est pas connuë.

LE ROY.

Vous la verrez bien-tost forcer sa retenuë,
Et contre vos appas essayer son pouuoir.

CAMILLE.

Mais il est temps enfin qu'elle se fasse voir.

LE ROY.

Elle se fera voir trop tost pour vostre gloire.

CAMIL

CAMILLE.

Si vous la secondez à m'oster ma victoire,
I'ay du moins la douceur de rendre vn Roy jaloux.

LE ROY.

Ie le suis, il est vray, mais ce n'est pas de vous.
Ie suis jaloux d'vn Homme à l'Estat necessaire;
Ie veux garder pour moy tout le cœur de Valere,
L'attacher à mon Trône, & l'interest d'autruy
Ne doit pas m'arracher ce glorieux appuy.

CAMILLE.

Hé bien, pour le garder auecque moins de peine,
Sauuez-le promptement des charmes d'vne Reyne;
Eloignez moy d'icy pour ne hazarder rien,
Et seruez vostre Trône, en me rendant le mien;
Aussi bien l'ennemy commence de paraistre,
Et vous deuez enfin aller punir vn traistre.
Ie voulois tout deuoir à vos illustres soins;
Mais grace à mon destin, ie vous doy beaucoup moins;
Mon depart vous importe, & ces yeux qu'on méprise,
De vostre cher Valere enleuant la franchise,
Vous menaçent au moins, tandis qu'on me retient,
D'oster à vostre Trône vn bras qui le soustient.

SCENE IX.

MARCELLIN, LE ROY.

MARCELLIN.

VOus voyez qu'elle agit en Amante en colere:
Vous, feignez de l'aimer en Riual de Valere;
D'vne Reyne en couroux l'ambitieux desir,
Entre vn Sujet & vous, sçaura bien-tost choisir;

Poussez de feins soûpirs, versez de fausses larmes,
D'vn Amant comme vous elle a senty les charmes.
Lors que vous la verrez pour vous se declarer,
A Valere irrité vous pourrez vous montrer:
Pour gagner son amour ce moyen est facile.

LE ROY.

Soyons donc la Riuale, & l'Amant de Camille,
Seruons vn feu caché par de fausses amours.
Amour, fais reüssir ce bizarre secours;
Si ma feinte à Valere oste vne grande Reyne,
Ne punis pas au moins ma flame de sa haine.

Fin du troisiéme Acte.

ACTE IV.

SCENE PREMIERE.

FEDERIC, OCTAVE.

FEDERIC.

LA Princesse s'obstine à conseruer vn choix
Que Camille a surpris, & retient sous ses loix.

OCTAVE.

Laissez à vostre Fils la gloire de luy plaire.

FEDERIC.

I'aime encore mon amour vn peu plus que Valere.
Quelques soins que le sang m'inspire pour vn Fils,
Que peut-il sur vn cœur que l'Amour a surpris?
C'est luy qui l'a remply de toute sa tendresse;
I'attache tous mes soins à gagner la Princesse.
Si mon âge déplaist à des yeux si charmans,
Couurõs sous ma grãdeur l'horreur de mes vieux ans;
Et voyons si ces traits, qu'impriment les années,
Déplaisent sur le front des Testes couronnées.

OCTAVE.

La jeunesse, Seigneur, plaist à de jeunes yeux.

FEDERIC.

Vn vieux Roy peut toucher des cœurs ambitieux.

Allons par ma presence acheuer l'assemblée;
La Princesse en doit estre & surprise & troublée;
Elle croit que ie veux, auant tout autre effort,
Aller venger Camille, & releuer son sort:
Mais changeant de dessein, ie connoy pour ma gloire,
Qu'estant Roy, i'auray plus de part à la victoire;
Que ce delay pourroit trahir tout mon dessein,
Et que tout est facile auec vn Sceptre en main.

OCTAVE.

Mais regnant, au feu Roy vous estes infidelle,
Il faut que la Princesse....

FEDERIC.

Et c'est aussi pour elle
Que ie songe à regner, & conseruer la foy
Du serment solemnel qu'il exigea de moy.
Loin de vouloir regner par vne perfidie,
A peine vn Trône offert me feroit quelque enuie:
I'ay vieilly dans les soins du Trône & des grandeu
Ie suis las de leur pompe, & fatigué d'honneurs;
Ces titres éclatans n'ont rien qui m'éblouïsse.
Apprens que Federic.... Mais que me veut Fabrice?

SCENE II.

FABRICE, FEDERIC, OCTAVE.

FABRICE.

AH! Seigneur, est-ce ainsi qu'on traitte mõ amour?
C'estoit peu que Valere esperât à son tour;
Ce Roy qui me flatoit, & trompoit ma tendresse,
Rallume ses soûpirs aupres de la Princesse.

Contre l'amour d'vn Roy que peut faire le mien?

FEDERIC.

Ie te le dis encor, Fabrice ne crains rien.
Enfin pour ton repos ie n'ay qu'vn mot à dire;
Ie suis Pere, ie t'aime, & cela doit suffire:
De Valere & de toy les vœux sont trop ardens,
Laisse faire à Camille, à Federic, au temps.
Toy va faire ta Charge, & te rens à l'Armée;
Suspens tous les soucis d'vne amour allarmée;
Auant la fin du jour tu pourras tout sçauoir:
Le temps me presse, adieu; Va, songe à ton deuoir.

SCENE III.

FABRICE seul.

VA, songe à ton deuoir. Helas! ay-je dans l'ame
Vn soucy si pressant que celuy de ma flame?
Quel deuoir m'est plus cher que ce tendre deuoir?
Pourquoy me flatez-vous d'vn inutile espoir,
Pere & Roy trop cruels? Si i'estois temeraire,
Si i'aspirois trop haut, mon cœur sçauoit se taire;
Et mon juste respect d'vn silence eternel
Punissoit en secret vn amour criminel.
Pourquoy m'arrachiez-vous à ce profond silence?
Ie ne me plaignois pas d'aimer sans esperance.
S'il vous estoit permis, cruels, de m'en flater,
Pensez-vous qu'il le soit aussi de me l'oster?
Et vous, dont la bonté trop sensible à ma peine...
Mais ie la voy venir.

SCENE IV.

FABRICE, CAMILLE, FLORISE.

FABRICE.

Vous voyez, grande Reyne,
Vn malheureux Amant tout d'vn coup renuersé
De ce Trône de gloire où vous l'auiez placé.
Heureux par vostre aueu, malgré l'espoir d'vn Frere,
Rauy de vos bontez, & de celles d'vn Pere,
Accablé de bonheur, ie n'en puis retenir
Que la seule memoire; & c'est pour m'en punir.
Ie soûtenois trop mal vn espoir trop sublime,
Le Roy, qui m'en flatoit, a reconnu son crime;
D'vn remors amoureux tous ses sens transportez,
I'ay veu ce grand Monarque adorer vos beautez.
Cet excés étonnant d'ardeur & de tendresse
Dans ce prompt changement étonne ma foiblesse;
Et surpris d'vn retour qui vous est glorieux,
I'admire en soûpirant le pouuoir de vos yeux.

CAMILLE.

I'ay bien crû que Fabrice en prēdroit quelque allarme;
Mais pēsez-vous qu'vn Roy, d'vn soûpir, d'vne larme,
Que laissent échapper d'inconstantes ardeurs,
Efface tout d'vn coup ses ingrates froideurs?
Vn si tendre retour a droict de me surprendre;
Mais mō cœur s'en defend, & ie viens vous l'aprendre.
Ces bizarres transports, cette inégalité,
M'asseurent mal d'vn feu dont i'ay tousiours douté.

FABRICE.

Ah! c'est trop me flater dans ma trop juste crainte;
L'amour de ce grand Roy ne vient point de la feinte;
Et c'est trop de bonté, de vouloir à mes feux
Déguiser par pitié la gloire de vos yeux :
Mais en vain vous voulez dissiper mes allarmes;
Madame, ie connois le destin de vos charmes:
Rendez, rendez au Roy toute vostre amitié;
Vous me donnerez trop, si i'ay vostre pitié.
Du moins dans mon malheur i'auray cet auantage
De m'attacher à vous par vn double esclauage;
Ma flame & mon deuoir n'ayans qu'vn mesme objet,
L'vn vous donne vn Captif, comme l'autre vn Sujet.
Madame, quelquefois de ce Trône adorable
Daignez jetter les yeux sur ce cœur miserable;
Et sans que vostre amour puisse rougir du sien,
Souffrez luy des soûpirs qui n'aspirent à rien.

CAMILLE.

Florise, sa douleur a pour moy tant de charmes,
Que mon orgueil est foible à retenir mes larmes.
Ah! Fabrice, c'est trop, cachez moy des douleurs
Plus fortes sur mes sens que mes propres malheurs.
C'est vous en dire assez ; & le sort qui m'outrage
M'oste la liberté d'en dire dauantage.

FABRICE.

Graces à mes malheurs, i'en suis trop glorieux,
Puis qu'ils ont fait sortir des pleurs de ces beaux yeux;
Puis qu'á mes déplaisirs ma Reyne s'interesse,
Au moins le Roy n'a pas toute vostre tendresse.
C'est assez, & c'est trop pour cet infortuné;
Par ce trait de pitié que vous m'auez donné,
Vous auez de mes maux calmé la violence;
Malgré mon desespoir, i'en prens quelque esperance;

Et sans examiner quel est ce foible espoir,
Ie vay pour vous seruir me rendre à mon deuoir.
Quoy qu'il puisse arriuer, au moins i'auray la gloire
De seruir mon amour, d'aider vostre victoire,
Et peut-estre d'auoir vn destin assez doux,
Que de vous rendre vn Trône en expirant pour vous.
I'ose au moins esperer sur la foy de vos larmes,
Que si ma vie enfin tombe parmy les armes,
Ces beaux yeux qui déja pleurent mon triste sort,
Donneront vne larme au recit de ma mort.
Adieu, Madame.

CAMILLE.

Adieu. Si le Ciel, cher Fabrice,
Exauce tous mes vœux, il vous fera justice.

SCENE V.

CAMILLE, FLORISE.

FLORISE.

QVoy, ce cœur qui tantost sembloit si genereux,
Va quitter pour Fabrice vn Monarque amoureux,
Et dement tout d'vn coup l'orgueil d'vne Princesse?

CAMILLE.

Ie doy te l'auoüer; Fabrice a ma tendresse,
Et sans ce fier orgueil qui contraint mes desirs,
Le genereux Fabrice auroit tous mes soûpirs:
Mais quelque instinct pour luy que mõ astre me dõne,
Tousiours mon premier soin se doit à ma Couronne.
Pour regagner ma place, il faut aux yeux de tous,
Que mon cœur pres du Roy force vn penchãt si doux;

Et que mon Trône à bas, qu'vn Tyran me dispute,
Employe vn autre Trône à releuer sa chute.
Destin, pour me venger des maux où ie me voy,
Que n'as-tu mis Fabrice à la place du Roy?
Ou puis qu'enfin vn Roy m'en doit faire justice,
Que ne luy donnes-tu tout l'amour de Fabrice?

FLORISE.

Le Roy vient de montrer vne si belle ardeur.

CAMILLE

Tu vas voir à ses feux succeder sa froideur.

FLORISE.

Non, non ; mais vous verrez si pres d'vne victoire,
Qui vous va rendre vn Sceptre, & toute vostre gloire,
Son amour menacé de vostre éloignement,
S'éueiller, s'empresser dans ce fatal moment,
Et voulant s'épargner le déplaisir extréme....
Mais le voicy qui vient vous l'expliquer luy-méme.

SCENE VI.

LE ROY, CAMILLE.

LE ROY.

MAdame, ie reuiens ou toucher vostre cœur,
Ou mourir à vos pieds d'amour & de douleur.
Quand contre vos mutins pressant vostre vengeance,
Ie vay vaincre, & vainqueur craindre pour vostre absence,
Pour retenir vn bien dont mon cœur est jaloux,
Mon cœur laisse échaper tout ce qu'il sent pour vous.
I'atteste de l'Amour la puissance supréme,
Que rien n'est comparable à mon ardeur extréme:

Que ce Dieu de nos cœurs tient sous vostre pouuoir
Tout mon sort, tout mõ bien, & mõ plus doux espoir.
Vous estes tout l'appuy de ce cœur miserable;
Le Dieu de mon amour est-il impitoyable?
Et fera-t'il périr l'espoir de mes desirs,
Le fruit de tant de maux, & de tant de soûpirs?

CAMILLE.

Florise, i'aurois tort de douter de sa flame.

LE ROY.

Ah! si vous connoissiez les tourmens de mon ame,
Vous ne laisseriez pas, malgré tout mon pouuoir,
Au bienheureux Valere vn glorieux espoir.
A ce nom ie rougis de dépit & de honte,
Ie rougis quand ie voy qu'vn Sujet me surmonte.
Si vous auiez pour luy cette extréme rigueur,
Vous seriez moins aimée, & ie serois sans peur.
Vous ne me dites rien?

CAMILLE.

Que pourray-je vous dire?
Quand ie vois vn grand Roy qui brûle & qui soûpire,
Il n'est pas malaisé d'expliquer mes desirs,
Si i'ose en ma faueur expliquer vos soûpirs.

LE ROY.

En vain d'vn doux espoir vous me flatez, Madame,
Si Valere ose encor pretendre à vostre flame;
Ie doy vous l'auoüer, Valere a des appas;
Des Reynes comme vous ne s'en defendent pas;
On peut l'aimer sans honte; & si i'estois Princesse,
Ie me pardonnerois cette digne foiblesse.
Ie ne veux point icy surprendre vostre cœur;
I'implore pour ce choix toute vostre faueur;
Et tout Roy que ie suis, ce grand Riual m'étonne.

CAMILLE.

Qu'est-ce qui vous fait craindre vn Riual sãs Courõne?

Parce que vous l'aimez, présumez vous, Seigneur,
Que nous auons pour luy mémes yeux, méme cœur?
Ce qui vous éblouït n'a rien qui me surprenne,
Et vous connoissez mal la fierté d'vne Reyne.
Ie vay par tant d'orgueil rabatre ses soûpirs,
Qu'il pourra vous venger de tous vos déplaisirs.

LE ROY.

Allez, Madame, allez; & moy plein d'esperance,
Ie vay d'vn prompt effort haster vostre vengeance.

SCENE VII.

LE ROY seul.

PArdonne, cher Valere, à ce déguisement;
Ie t'arrache vne Reyne, ambitieux Amant:
Mais ie te rens aussi Couronne pour Couronne.
Ie te rens encor plus, moy-méme ie me donne.
Camille n'aime en toy que la faueur d'vn Roy;
Elle aime son vengeur, & ie n'aime que toy;
Elle songe à regner, & ie songe à te plaire;
Elle aime ton pouuoir, ie n'aime que Valere.

SCENE VIII.

LE ROY, MARCELLIN.

LE ROY.

MArcellin, c'en est fait; & Camille est pour moy:
Valere est dãs sõ cœur trop foible cõtre vn Roy;

Ie n'ay plus rien à craindre, il est temps de paroistre.

MARCELLIN.

En vain vous cacheriez ce qu'on vient de connoistre:
Madame, en plein Conseil l'Admiral a tout dit.
Mais vous sçauez quel est son zele, & son credit;
Federic est pour vous; cessez d'estre surprise.

LE ROY.

Quoy, sans m'en aduertir, presser cette entreprise?
I'ay crû qu'on s'assembloit pour le prochain combat.

MARCELLIN.

Il a trouué le temps propre à ce grand éclat.

LE ROY.

Son zele m'est connu; cessons, cessons de craindre;
Regnons sans imposture, aimõs sans nous cõtraindre;
Allons sans plus tarder mettre ma flame au jour,
Et couronner enfin Valere, & mon amour.
Mais quel trouble s'oppose aux ardeurs de ma flame?

MARCELLIN.

Qu'est-ce qui vous retient? que tardez-vous, Madame?

LE ROY.

Ie sens que ie suis Reyne en ce fatal instant;
Et me voyant enfin sur ce Trône éclatant,
Veux-tu que i'aille dire à mon Sujet que i'aime?
Reyne, à quoy pensois-tu? mon cœur, rentre en toy-méme.
Tandis que la Couronne a paru deuant moy,
Comme vn bien vsurpé qui demandoit vn Roy,
Dans ce déguisement à moy-meme contraire,
I'ay descendu plus bas qu'vne Femme ordinaire;
Et sans m'examiner, aussi-tost vn Sujet
M'a paru de mon choix vn assez digne objet;
Mais me voyant sans feinte au rang de Souueraine,
Tout mon cœur se remplit de sentimens de Reyne;

Il se retire enfin par les mains du deuoir,
Comme d'vn grand abyme, en l'amour l'a fait choir.
Du beau feu de regner mon ame est embrasée,
I'estois Fille en effet en Prince déguisée;
Mais renuersant en moy tous ces déguisemens,
Il me vient maintenant de mâles sentimens;
Et quand mon foible Sexe est forcé de parestre,
Ie me sens deuenir ce que ie cesse d'estre.

MARCELLIN.

Mais vaincrez-vous vn feu si long-temps combatu?

LE ROY.

Ie ne te répons pas de ma foible vertu;
I'en auray pour le moins pour garder le silence.

MARCELLIN.

A Valere déja i'en ay fait confidence;
I'ay crû vous obliger par ce zele indiscret.

LE ROY.

Qu'as-tu fait? A Valere ouurir ce grand secret?

MARCELLIN.

Tout estant découuert, i'ay crû le pouuoir faire;
Mais si ie l'ay flaté d'vn bien imaginaire,
Ie vay le détromper.

LE ROY.

Arreste, Marcellin,
Ie voy bien qu'il faudra se rendre à mon dessein,
Et que i'oppose en vain mon orgueil à ma flame.
Ie te diray bien plus, ie sens déja mon ame
D'vn scrupuleux deuoir affranchir mes soûpirs;
Cet orgueil ennemy de mes tendres desirs
Murmure foiblement contre vn cœur qui soûpire,
Quand il peut s'épargner la honte de le dire;
Et qu'enfin ton aueu soulage ma pudeur
De l'indigne soucy d'expliquer mon ardeur.

SCENE IX.

VALERE, LE ROY, MARCELLIN.

VALERE *comme parlant à Camille.*

MAdame, triomphez sur l'espoir qui vous flate;
Le Ciel venge ma gloire, & punit vne ingrate;
Et mon ambition, par vn change bien doux,
Va retrouuer ailleurs plus qu'il ne perd en vous.

LE ROY.

Ah! tout mon cœur s'émeut à l'aspect de Valere.

VALERE.

Dois-je croire au rapport que l'on vient de me faire?
Madame, se peut-il que mes yeux & mon cœur
Se soient laissez charmer d'vne si longue erreur?
D'vn sort si surprenant la merueille étonnante
Rend mes sens incertains, & ma foy chancelante.
Mais puis-je encor douter, voyant briller en vous
Tout ce que le beau Sexe a de charmes pour nous?

LE ROY.

Il n'en faut plus douter, ma bouche vous l'assure.

VALERE.

I'admire vostre sort; mais dans cette auanture
Vn prodige plus grand fait mon étonnement:
Quand ie découure en vous vn objet si charmant,
Vn merueilleux transport suit cette connoissance;
I'en prens... mais mon respect me cōdamne au silence.

LE ROY.

Parlez, parlez, Valere, & me faites sçauoir
Si Camille tousiours est vostre vnique espoir.

VALERE.

A la faueur d'vn Roy ie préferois Camille;
Mais quand ie vous connois, ce choix est bien facile:
Me pardonnerez-vous l'ingrate ambition
Qui répondoit si mal à vostre affection?
Apres des sentimens dignes de vostre haine,
Puis-je encor meriter les bontez de ma Reyne?
Et quand i'osé songer à ce tendre courroux,
Que vous faisiez tantost éclater contre nous,
Puis-je esperer en vous, pour comble de surprise,
Cette Reyne à mes vœux par vous-méme promise?
Mais las! vous vous troublez, Madame, pardonnez
Des transports qu'en secret i'ay deja condamnez.
Ah! cruel Marcellin, est-ce ainsi qu'on me joué?

LE ROY.

Non, Valere; & bien loin que ie le desauoüé,
Il m'épargne vn aueu qui m'auroit trop cousté;
Ie ne vous cache rien sous ce Sexe emprunté;
Et comme si i'estois à moy-méme inconnuë,
Mon Sexe sous cette ombre a moins de retenuë.
Oüy, Valere, ce Roy capricieux, jaloux,
Qui tantost s'expliquoit pour vous, & contre vous,
Sous des transports meslez de tendresse & de haine,
Vous cachoit malgré moy l'amitié d'vne Reyne.
Mais il est temps enfin d'expliquer ce grand feu,
Mon orgueil me doit bien pardonner cet aueu:
Six ans entiers d'ennuis, de crainte, & de silence,
Ont sans doute à ma flame acquis cette licence.

VALERE.

I'accepte auec transport ce suprenant espoir.
Donc, Madame, six ans n'ont pû me faire voir
Ce Trône glorieux que i'auois dans vostre ame;
Ie cherchois vne Reyne, & i'auois vostre flame;

I'ignorois ma fortune estant dans vostre cœur;
Et i'estois malheureux auec tant de bonheur.
Pourquoy me laissiez-vous, adorable Princesse,
Dans vn aueuglement fatal à ma tendresse?
Qu'il m'a fait perdre ailleurs de soins, & de soûpirs,
Et qu'vne telle erreur m'a volé de plaisirs!
Ah! si depuis le temps que vous n'osez paroistre....

SCENE X.

LE ROY, OCTAVE, VALERE, MARCELLIN.

LE ROY.

Qvel est ce trouble, Octaue?

OCTAVE.

On vient de vous connoistre.

VALERE.

Ce mal est-il si grand?

OCTAVE.

Ah! Seigneur.

LE ROY.

Qu'est-ce enfin?

OCTAVE.

Vous cessez de regner en changeant de destin.

LE ROY.

O Ciel!

VALERE.

Qu'entens-je?

OCTAVE.

En vain par faueur, par adresse,
Federic veut gagner le Peuple, & la Noblesse;
En vain il a vanté le seul sang de nos Rois;

out le monde s'attache à la rigueur des Loix.

VALERE.

é! qu'a fait Federic contre vn Peuple rebelle?

OCTAVE.

l a perdu ses soins, son credit, & son zele.

LE ROY.

Le Sort qui vous flatoit, s'obstine à vous trahir;
Valere, & vostre espoir, vient de s'éuanoüir.
Vous aimiez vne Reyne, & ie cesse de l'estre.

VALERE.

Non, non, vous regnerez, & vous serez sans Maistre:
Madame, cette Loy n'est pas faite pour vous;
Et si de cet abus nos Peres trop jaloux
Eussent pû jusqu'à vous porter leur connoissance,
Vostre Sexe auroit part à la Toute-puissance.
Où dans le choix des Roys le Ciel n'a point de part,
Et ce supréme rang n'est qu'vn don du hazard;
Ou bien tant de vertus meritent la Couronne:
En dépit de vos Loix ce titre vous la donne.
Ah! si l'on connoissoit l'aimable authorité
Qu'exerce la Vertu jointe à tant de beauté,
Nostre Sexe auroit moins de pouuoir en Sicile.
Le beau Sexe est traitté de foible, & d'imbécile;
Mais le Sceptre des Roys, le Timon des Estats,
Se doit-il gouuerner par la force des bras?
L'adresse, non la force, éuite la tempeste,
Et le bras sur le Trône agit moins que la teste.
Mais qui destine-t'on au Trône de nos Rois?

OCTAVE.

I'ay laissé le Conseil opinant sur ce choix;
Et comme i'en sortois, la nouuelle est venuë
Que déja l'ennemy s'offroit à nostre veuë,
Que Roger approchoit, & menaçoit nos bords,
Et qu'il falloit enfin préuenir ses efforts,

Auant que de songer à se choisir vn Maistre.

VALERE.

Meure quiconque aura l'ambition de l'estre :
Que l'Estat ébranlé par ses grands mouuemens
Se renuerse aujourd'huy jusqu'à ses fondemens,
Auant que de souffrir qu'vn autre ose y pretendre.
Tombe le Trône enfin, s'il vous en faut descendre,
Mais pour mieux preparer ce glorieux éclat,
Allons contre Roger tenter ce grand combat;
Et de ce bras vengeur du Trône de Camille,
Ie reuiens vous placer dans celuy de Sicile.

LE ROY.

Ie prise peu ce rang, si Valere est pour moy;
Mais Valere perd tout, à moins que d'estre Roy.

VALERE.

C'est pour vous seulement que i'en cherche la gloire

LE ROY.

Camille pour regner n'attend qu'vne victoire.

VALERE.

Camille en me quittant est trop à dédaigner;
Et ie vay la seruir, pour vous faire regner.

LE ROY.

Mais ayez soin des jours plus chers que mon Empire

VALERE.

Mes jours me sont moins chers que le bien où i'aspir

LE ROY.

De vos seuls interests tout mon cœur est jaloux.

VALERE.

Ie ne veux viure, vaincre, & mourir que pour vous,

Fin du quatriéme Acte.

ACTE V.

SCENE PREMIERE.

MARCELLIN, CAMILLE, FLORISE.

MARCELLIN.

C'Est à quoy l'obligeoit la Puissance suprême;
Yoland est son nom, & bien-tost elle-même
Viendra vous excuser vn tel déguisement.

CAMILLE.

Pour son seul interest ie m'en plains seulement,
Puis qu'enfin Federic en a tout l'auantage.

MARCELLIN.

Il regne dans ces lieux par le commun suffrage:
Mais lors que le Conseil précipite ce choix,
Pour appaiser le Peuple, on obeït aux Loix.
Si pres d'vn grand combat ayãt besoin d'vn Maistre....

CAMILLE.

Il en vsera bien, estant digne de l'estre.
Va, dis luy de ma part que ie plains son malheur,

SCENE II.

CAMILLE, FLORISE.

CAMILLE.

HElas ! ie sens le mien auec plus de douleur.
Que de trouble, Florise ! Vn Roy cesse de l'estre;
On donne vne Bataille, on change icy de Maistre;
Ie trouue vne Princesse où i'auois vn Amant;
Vn jour peut-il produire vn si grand changement?
Tu me faisois, Fortune, vn peu trop de caresses,
Pour ne soupçonner pas tes perfides tendresses;
Et ce dernier effet de tes vœux inconstans,
Me force de douter du succés que i'attens.
En esperant vn Roy, i'esperois la victoire;
Ce Roy s'éuanoüit, ie tremble pour ma gloire;
Et reglant mon espoir sur vn tel changement,
D'vn combat hazardeux ie crains l'éuenement.

FLORISE.

Par là le Sort vous fait vne foible menace;
D'vn Roy qui vous vengeoit, Federic prend la place;
Pour le bras d'vne Fille, il vous offre le sien;
Recouurez vostre Empire, & le reste n'est rien.
Ses deux illustres Fils aident vostre victoire;
L'vn le doit pour sa flame, & l'autre pour sa gloire:
Vous sçauez que Fabrice a tant d'ardeur pour vous...

CAMILLE.

Ie le sçais, & i'en sens vn transport assez doux;
Ie sens que c'est vn bien que mon malheur me laisse,
De pouuoir me liurer à toute ma tendresse.
Fabrice en ce moment deuenu Fils de Roy
Me paroist plus aimable, estant plus pres de moy;

t mon orgueil luy-mesme ouure toute mon ame
l'apparent éclat d'vne si belle flame:
éja ce grand amour est si fort sur mon cœur,
ue ie crains...mais il viēt, & peut-estre en vainqueur.

SCENE III.

FABRICE, CAMILLE, FLORISE.

FABRICE.

Adame, c'en est fait, vous auez la victoire;
Au bras d'vn nouueau Roy vous deuez cette gloire;
ous l'auons veu combattre auec tant de chaleur,
ue ses Fils ont souuent rougy de sa valeur.
Il sembloit que pour vous il ressentoit ces flames
ont Mars auec l'Amour brule les belles ames;
u'il auoit mes ardeurs, & qu'vn plus grand espoir
Que la gloire de vaincre, animoit son deuoir.
l a voulu sans doute, en vengeant vne Reyne,
Montrer qu'il meritoit la grandeur Souueraine;
t qu'il falloit deuoir le bonheur de ce choix,
A sa vertu, plustost qu'à la faueur des Loix.
lais, Madame, au milieu d'vne grande victoire,
ui sur tout nostre sang fait tomber tant de gloire,
uand ie puis m'applaudir du bonheur sans égal
ui couronne mon Pere, & m'oste vn grand Riual;
Parmy tant de douceurs que le Ciel nous enuoye,
C'est vostre seul bonheur qui fait toute ma joye.

CAMILLE.

Prince, vostre bonheur me touche également;
t pour ne rien cacher d'vn si doux sentiment,

Ie dois vous auoüer, qu'icy toute ma gloire,
Qu'icy le plus beau prix qui suit cette victoire,
Est de me voir par vous, & pour vostre bonheur,
Reyne de ma fortune ainsi que de mon cœur.
Voyez par quels moyens vostre gloire s'acheue,
Par quel chemin le Sort jusqu'à moy vous éleue;
Il me chasse du Trône, il me mene en ces lieux,
Il me fait voir en vous vn appuy glorieux;
Il flechit mon orgueil auec vostre tendresse;
D'vn Roy vostre Riual il fait vne Princesse;
Il fait de vostre Pere vn Monarque, vn vainqueur,
Et par ces beaux degrez il vous met dans mon cœ

FABRICE.

Ah! Madame, est-il vray ce que ie viens d'entendr
Iusqu'á cette bonté ma Reyne a pû descendre?

CAMILLE.

Mais puis-je vous donner mon Trône auec mõ cœu
Et puis-je pleinement m'asseurer ce bonheur?

FABRICE.

Roger estant défait, tout vous deuient facile.
Des Deputez de Naple ont abordé cette Isle,
Qui regardant de loin le succés du combat,
Viennent pour se soûmettre au nom de tout l'Estat.
Le Roy dessus le Port les tient en conference;
Que vous faut-il encor apres cette asseurance?
Mais il paroist, Madame, & vous allez sçauoir
Tout ce qu'ont fait pour vous son zele & son deuo

SCENE IV.

AMILLE, FEDERIC, FABRICE, FLORISE.

CAMILLE.

Ar quels remercimens faut-il que ie m'acquitte?
Seigneur, ce que le Ciel donne à vostre merite,
e Trône dont il a préuenu vos exploits,
uffit-il pour payer celuy que ie vous dois?

FEDERIC.

a Fortune m'accable ; & peut-estre, Princesse,
épondra-t'elle mal au desir qui me presse?
u moment qu'elle rend tous mes desirs contens,
e crains sa trahison sur vn bien que i'attens:
Mais quelques biens enfin que m'offre la Fortune,
l faudra qu'entre nous la gloire en soit commune.
ependant apprenez quel est nostre bonheur.
peine aux yeux de tous les Loix & la faueur
'auoient en plein Conseil accordé la Couronne;
'alarmé tout d'vn coup sur vn bruit qui m'étonne,
ue le hardy Roger venoit fondre sur nous,
ecours à nos Vaisseaux plein d'vn ardent couroux,
anime tous nos Chefs contre cette insolence.
sia mes deux Enfans brulans d'impatience,
stoient tout disposé pour ce combat naual,
n'attendoient de moy que l'ordre & le signal.
oger, quoy qu'asseuré qu'on ne peut nous surprendre,
onge à nous attaquer plustost qu'à se defendre;
comme se fiatant d'vn succés glorieux,
pousse auec les siens des cris victorieux.
ous allons tous à luy ; mes deux Fils me secondent;
l'espoir que i'en ay leurs courages répondent:

D'abord nous accrochons son vaste Galion,
Comme le Trône affreux de la rebellion.
Nous entrons, & forçons toute la resistance
Des premiers que Roger commet à sa defense.
Là Roger seul fait ferme, abat plusieurs des miens.
La valeur, qui par tout abandonne les siens,
Semble se retirer au cœur de ce rebelle.
O toy qui d'vne Femme embrasses la querelle,
Ose seul m'attaquer (me dit-il fierement)
Ie répons à sa voix par des coups seulement.
Il se defend si bien, que d'abord i'ose croire
Que sa défaite enfin me vaudroit quelque gloire;
Ie redouble mes coups; luy se sentant blessé,
M'approche, me saisit, & me tient embrassé;
Iusqu'au bord du tillac son desespoir m'entraine:
A ce Monstre mourant ie m'arrache auec peine;
Luy qui craint d'estre pris, s'élance dedans l'eau,
Et son orgueil périt dans ce vaste tombeau.

CAMILLE.

C'est par ce dernier coup que vous vengez ma gloir

FEDERIC.

Mais voyez ce qui suit cette grande victoire.
Au nom de vos Subjets ils députent vers moy;
Et me voyant vainqueur, ils me veulent pour Roy.
Quoy! vous vous alarmez, ce discours vous étonne.

CAMILLE.

Non, non, vostre valeur a conquis ma Couronne;
Le droict d'en disposer, Seigneur, n'est plus à moy.

FEDERIC.

Mais est-ce à vos Subjets à se choisir vn Roy?
Est-ce à moy de joüir d'vne telle injustice?
C'est de leur politique vn grossier artifice,
Qui pour mettre à couuert de lâches reuoltez,
Contre vostre pouuoir cherchent ces seuretez.

CAMILLE

CAMILLE.

Vostre haute vertu se fait par tout connaistre;
Mais souffrez (car enfin vous en estes le Maistre)
Que puis qu'à vos Estats il faut donner vn Roy,
I'en fasse vn aujourd'huy pour regner auec moy.
En refusant pour vous l'offre d'vn Diadéme,
Ne le refusez pas pour vn autre vous-méme,
Mon Estat & mon cœur me demandant ce choix;
Et c'est dans vostre sang qu'il faut choisir des Rois.

FEDERIC.

Ah! qu'vn si digne aueu... Mais i'apperçoy Valere.

SCENE V.

FEDER. VAL. CAM. FAB. FLOR.

FEDERIC.

VIens, approche mon Fils, & d'vne main si chere
De ton illustre amour vient receuoir le prix.
Quoy, ie vous voy tous trois également surpris?

CAMILLE.

Ah! Seigneur, permettez....

VALERE.

Ne craignez rien, Madame.
Vous sçauez quel estoit le motif de ma flame;
Apres vos traittemens, dont ie suis trop confus,
Ie sçauray préuenir la honte d'vn refus.
Oüy, cette grande Reyne enfin s'est fait justice,
Seigneur, & son amour me préfere Fabrice:
Mais i'ay dans ce moment, si vous y consentez,
Dequoy me consoler de toutes ses fiertez.

FABRICE *bas.*

Que i'aime son couroux!

FEDERIC.

Ah! mon Fils. Ah! Madame.

Quel est donc mon espoir?

CAMILLE.

Quel soin trouble vostre ame?
Fabrice comme luy n'est-il pas vostre sang?
Seigneur, en sa faueur disposez de mon rang;
Ie vois auec plaisir l'ambitieux Valere
Ceder vne Couronne en faueur de son Frere.

VALERE.

Ie vois auec plaisir que mon Frere a dequoy
Consoler vostre orgueil de la perte d'vn Roy.

CAMILLE.

Il suffit que Fabrice a merité de l'estre;
I'aime mieux faire vn Roy, qu'auoir vn Roy pour (Maistre.

VALERE.

Dans le choix que i'ay fait ie trouue tant d'appas,...

CAMILLE.

Mais auoüez au moins qu'vn Trône n'en est pas.

VALERE.

A tant d'appas le Roy sera juste & fidele;
Il doit tout à ma Reyne, & n'est Roy que pour elle.

FEDERIC.

Ie luy doy tout, mon Fils, *bas* & c'est là ton malheur:
Mais il est temps enfin de le tirer d'erreur.
Mon Fils.... Mais i'apperçoy le sujet de ma flame.

SCENE DERNIERE

YOL. CAM. FED. VAL. FAB. MAR. FLO.

YOLAND *à Camille.*

ME pardonnerez-vous....

CAMILLE.

Oublions tout, Madame.

YOLAND.

Vous me voyez encor ſous ce déguiſement;
Honteuſe de ſouffrir vn triſte changement,
Ie me cache à moy-méme....

FEDERIC.

Excuſez, grande Reyne....

YOLAND.

Me rendez-vous déja le nom de Souueraine?
Monté dans ce haut rang par voſtre propre choix,
Pluſtoſt que par le droict que vous donnent les Loix;
En faites-vous ſi-toſt vn départ volontaire?
Parlez, quel jugement enfin en dois-je faire?
Dois-je honorer en vous cette grande action,
Et donner vn beau nom à voſtre ambition?

FEDERIC.

Vous le pouuez, Madame, & mon obeïſſance
S'eſt conſeruée entiere auec tant de puiſſance.
Par mes profonds reſpects, Madame, connoiſſez....

YOLAND.

Ie vous connois enfin, Federic, c'eſt aſſez.
Que ne vous dois-je point?

VALERE.

Tu triomphes, ma flame.

FEDERIC.

Vous ne me deuez rien, connoiſſez mieux mon ame.
Ie deurois en cedant le ſouuerain pouuoir,
Le rendre tout entier à mon juſte deuoir;
Au reſpect du ſerment, au bonheur de l'Empire;
Et peut-eſtre ce cœur (il eſt temps de le dire)
Oüy peut-eſtre ce cœur qui cede vn bien ſi doux,
Ne le rend qu'à l'eſpoir de regner auec vous.

VALERE.

O Ciel!

YOLAND.

Quoy? Federic,

FEDERIC.

Ne croyez pas, Madame,
Que trop ambitieux, i'aspire à vostre flame.
Si ie l'auois esté, mon rang & mon employ,
Depuis que vous regnez, m'auroient pû faire Roy.
Naples m'offre son Trône apres vne victoire;
A Camille, à mon Fils, i'en veux ceder la gloire;
Et vous pouuez iuger apres cette action,
Si mon cœur a brulé de quelque ambition.
Vous sçauez que ce feu qui iamais ne s'arreste,
Peut par le crime méme aller à sa conqueste;
Et qu'vn cœur embrasé par vn si vaste espoir,
Ne se refuse rien, quand il peut tout auoir.
Mais i'auois pour le Trône vn feu plus legitime,
I'y monte par la gloire, & non pas par le crime,
Et ne m'offre en ce rang aux yeux qui m'ont charmé
Que par l'ambition d'aimer & d'estre aimé.
I'ay crû que n'ayant rien dans mon peu de merite,
Dont la voix aujourd'huy pour moy vous sollicite,
Qu'il falloit emprunter vn attrait plus puissant,
Et couurir cet espoir sous vn charme innocent.
I'ay crû qu'vne Couronne en soustiendroit l'audace,
Et qu'à vous l'expliquer i'aurois mauuaise grace,
Si le premier soûpir qui vous montre ma foy,
Ne sortoit de mon cœur par la bouche d'vn Roy.

YOLAND.

C'est là le beau pretexte, & le noble artifice
De vostre ambition, & de vostre injustice.
Ces éclats de vertu que vous m'auez fait voir,
N'auoient donc d'autre but qu'vn si superbe espoir?
Car enfin vous sçauez que i'ay choisi Valere.
Hé bien, regnez; gardez le Trône de mon Pere;
Gardez par des sermens indignement trahis,
Vn rang que mon amour gardoit pour vostre Fils.

De mon mauuais destin triomphe, cher Valere,
Aime moy sans Couronne, & fais rougir ton Pere;
Ie beniray du Sort l'aimable trahison,
Si du Trône mon cœur te peut faire raison.

VALERE.

Madame, i'ay pour vous vn respect trop sincere,
Pour vous cacher icy qu'vn Trône a pû me plaire;
Et qu'vn autre qu'vn Pere apprendroit aujourd'huy
Que qui perd ce haut rang, peut tout perdre auec luy.
Mais preferé par vous à la Couronne offerte,
Ie puis par vostre amour reparer cette perte;
Et si vous n'estiez pas mon espoir le plus doux,
Ie me croirois indigne & du Trône, & de vous.
à Dam. Madame, triomphez du Sort qui nous outrage;
Vous Fabrice, regnez, quand i'en perds l'auantage.
Ie borne mes desirs à ce choix glorieux.

FABRICE.

Ce choix peut contenter les plus ambitieux.

FEDERIC.

Ciel! qu'est-ce que ie vois? nostre grande Princesse
Prefere à sa fortune vne indigne tendresse?
Elle fait d'vn Empire vn genereux mépris,
Et mon Trône vaut moins que l'amour de mon Fils.

YOLAND.

A cent Trônes mon cœur prefereroit Valere.
Ne soyez point jaloux d'vn Fils qu'on vous prefere;
Il vous est glorieux d'auoir donné le jour
A qui sçait mieux qu'vn Roy meriter mon amour.

FEDERIC.

Mon Fils, & vostre amour, n'auront pas la victoire;
Ce cœur qui fut toûjours amoureux de la gloire,
Qui du Trône & de vous ne se sent enflamé
Que pour auoir enfin la gloire d'estre aimé,
Ne leur cedera point en merite, en courage:
Ie puis de vostre amour perdre tout l'auantage;

Mais i'auray, si ie perds l'espoir de vous charmer,
La gloire au moins d'aimer autant qu'on peut aimer.
Par vn beau sentiment digne d'vne Couronne,
Vostre amour me la cede, & le mien vous la donne.
Icy, deuoir, serment, rien n'y peut m'obliger;
En vous offrant mon rang, i'ay sceu m'en degager.
I'écoute seulement la gloire de ma flame:
Toute sorte de gloire a contenté mon ame,
La gloire des emplois, des grandeurs, des combats,
Celle de bien aimer ne m'echapera pas.
Regnez, regnez, Madame, & pour regner sans peine,
Receuez de mon Fils la qualité de Reyne;
Et puis que le beau Sexe est sujet parmy nous,
Vous regnerez par luy, comme il regne par vous.

YOLAND.

Ah! d'vn si digne Fils illustre & digne Pere.

VALERE.

Ah! Roy trop genereux. Ah! trop heureux Valere.

FABRICE.

Ah! Seigneur.

CAMILLE.

Vous comblez nos souhaits les plus doux.

YOLAND.

N'estoit-ce pas assez de regner apres vous?

FEDERIC.

Non, non, ie puis regner en vn autre moy-mesme;
Puis que mon Fils vous aime autant que ie vous aime,
Souffrez que mes transports s'expliquent par les siens;
Prenez dans ses soûpirs tout l'hommage des miens.
Vous, mes Fils, rendez-vous dignes de ces Princesses,
Meritez leurs grandeurs ainsi que leurs tendresses:
Ie feray trop heureux de me voir par mon choix,
Et par vostre vertu, Pere de deux grands Rois.
à Fab. Vous, au Trône de Naple allez placer Camille,
à Val. Vous, mõtrez nostre Reyne aux Peuples de Sicile.

FIN.

www.ingramcontent.com/pod-product-compliance
Ingram Content Group UK Ltd.
Pitfield, Milton Keynes, MK11 3LW, UK
UKHW021110290826
14628UKWH00014B/1553

9 782019 684785